お江戸《えど》の百太郎《ひゃくたろう》

黒い手の予告状《よこくじょう》

作　那須正幹
絵　小松良佳

ポプラ ポケット文庫

お江戸の百太郎

黒い手の予告状《よこくじょう》

もくじ

登場人物紹《しょう》介《かい》

百太郎《ひゃくたろう》

主人公。ばつぐんの行動力と推理力《すいりりょく》をもつ。父・千次とふたりぐらしで、家事などもこなすしっかり者。すっかり手がらから遠のいている千次をてつだって、事件《じけん》の調査《ちょうさ》をしている。

お千賀《ちか》

材木問屋《ざいもくどんや》「伊勢屋《いせや》」のむすめ。以前、誘拐事件《ゆうかいじけん》にまきこまれたところを、百太郎にたすけられた。明るくて気が強い性格。

千次《せんじ》

百太郎の父。十手《じって》にくもの巣がはるくらい、腕《うで》はさっぱりな岡《おか》っ引《ぴ》き。大きな体でのんびりした性《せい》格《かく》から、あだ名は「大仏《だいぶつ》」。

秋月精《あきづきせい》之《の》介《すけ》

百太郎《ひゃくたろう》のかよう寺子屋「秋月《あきづき》塾《じゅく》」の先生。剣《けん》と柔術《じゅうじゅつ》をとくいとする浪人《ろうにん》。百太郎や千次《せんじ》の捕《と》りものに協力することも多い。

佐竹左門《さたけさもん》

南町奉行所《みなみまちぶぎょうしょ》のベテラン同心《どうしん》。町人の意見にも耳をかす気さくな性格《せいかく》で、千次と百太郎親子に目をかけている。

寅吉《とらきち》

おなじ寺子屋にかよう、百太郎の友だち。腕《うで》っぷしも気性《きしょう》もあらい、「秋月塾」きってのガキ大将《だいしょう》。

初出＝『お江戸の百太郎　怪盗黒手組』（一九八七年十一月／岩崎書店）

第一話　お江《え》戸《ど》の春

1

江戸の正月は大名《だいみょう》行列のかけ声で明けます。

江戸城内《じょうない》でおこなわれる新年の儀式《ぎしき》に参加する大名たちが、くらいうちから行列をつらねて城内へとむかうのです。

「下に、おろう。下に、おろう」

行列のかけ声が往来《おうらい》にひびくうちに、新年の朝をむかえるというわけです。

元旦《がんたん》の儀式には、諸国《しょこく》の大名だけでなく、旗本《はたもと》とよばれる二百石《こく》以上の将軍《しょうぐん》家《け》の家来たちも、それぞれ格式《かくしき》におうじた供《とも》をしたがえて、登《と》城《じょう》しますから、元日《がんじつ》の江戸城周辺は、

たいへんな混雑《こんざつ》になったといわれています。こうした行列ラッシュをさばき、交通整理にあたるのも、町奉行所《まちぶぎょうしょ》の役人でした。

さむらいたちがいそがしくしている元日《がんじつ》の朝、町人たちはなにをしていたかというと、これはまた、ほとんどの家が寝正月《ねしょうがつ》をきめこんでいました。

なにしろ、前日の大みそかは、商売の集金日にあたっています。江戸《えど》の町では、たいていの商品を〝つけ〟で売買して、支払《しはら》いは盆暮《ぼんく》れにする習慣《しゅうかん》がありましたが、なかでも大みそかは、一年の総決算《そうけっさん》ということで、集金もことのほかきびしかったようです。

商売人のほうは、なんとか〝つけ〟を回収《かいしゅう》しようとしますし、お客のほうは、さまざまないいわけをして、払いを明年《みょうねん》にのばそうとします。

大みそかは、江戸の町人にとっては、年に一どの大いくさの日でもありました。

しかし、さすがの借金とりも、除夜《じょや》の鐘《かね》がなるころには、あきらめてもどっていきます。これで、あと半年は、さいそくされることもありません。人びとは年越《としこし》そばをたべ、町内の神社に初もうでをすませると、そのままふとんにもぐりこんでねてしまいます。

こんなわけで、町方《まちかた》の元旦《がんたん》は、ずいぶんさみしいものでした。子どもたちも元日だけは、そとにでることもなく、家のなかでおとなしくしていたようです。

さて、正月も二日めとなると、町方《まちかた》も活気がでてきます。魚河岸《うおがし》の初せりもおこなわれ、大きな商店も初売りをおこないます。子どもたちもおもてにとびだして、たこあげ、はねつき、こままわしといった正月あそびに熱中するのです。

往来《おうらい》は、年始まわりの人や買い物客でにぎわい、そのあいだを、三河万歳《みかわまんざい》、猿《さる》まわし、あるいはしし舞《ま》いといった芸人たちが、それぞれのふんそうをして家々をまわっていきます。

本所亀沢町《ほんじょかめざわちょう》ちかくの榛《はん》の木馬場《きばば》にも、子どもたちがあつまって、たこをあげていました。

なかでも、りっぱなひげをはやした奴《やっこ》だこが、いちばん高くあがっています。

「どうでい、どうでい。今年もおいらのたこにかなうやつは、いねえなあ」

奴だこの持ち主は、ひと目でガキ大将《だいしょう》とわかる大柄《おおがら》な少年です。年は十三くらいでしょう。とくいげに、かたわらの男の子に声をかけました。ガキ大将のとなりには、これはまた小柄《こがら》な少年が、トンビだことよばれる、鳥の形をしたたこをあげています。ところが、このトンビだこ、どうも調子がわるいらしくて、あっちにひょろひょろ、こっちにひょろひょろ、青空をただよっています。

「百《ひゃく》、どうしたい。トンビに、おとそをのましたんじゃないのか。よっぱらってるじゃねえか」

奴《やっこ》だこの子がからかいました。

「ふん、寅《とら》ちゃんこそ、あんまり調子にのって糸をのばしてると、旗本屋敷《はたもとやしき》のけんかだこにつかまっちまうよ」

トンビ少年が口をとがらせると、奴だこ少年はぎくりとして、空をみあげます。

「へっ、おどかしっこなしだぜ。みなよ、龍《りゅう》の字《じ》だこは、どこにもあがっちゃいねえじゃねえか」

「どうかな。こんだけあがってるんだもの、いまごろは、せっせとガンギをといでるんじゃないの」

「そうかもしれねえ。おいらもあんまり糸をのばすのはよそう。なんせ、去年も、おととしも、やられちゃったもんなあ」

ガキ大将《だいしょう》は、あわてて糸をまきはじめました。

そのとき、馬場《ばば》のいり口で声がしました。

「おおい、百よ。いま、かえったぜ」

みると、すもうとりみたいな大男が、榛《はん》の木《き》の幹《みき》によっかかってたっていました。

「あ、とうちゃん、おかえり」

トンビだこの少年は、いそいでたこをおろしはじめます。

「なんだい、もうかえっちまうのかい」

寅《とら》ちゃんとよばれた少年は、ちょっとざんねんそうです。

「うん、とうちゃん、元日《がんじつ》から八丁堀《はっちょうぼり》のだんなのお供《とも》をして、年始まわりにあるいてるのさ」

「ふうん、さむらいの年始まわりにつきあっ

てるんじゃあ、たいへんだなあ」

ガキ大将《だいしょう》のことばを背《せ》に、小柄《こがら》な男の子は、おやじさんのほうにかけだしていきます。

「ああ、くたびれた、くたびれた。だんなのお供《とも》もらくじゃねえぜ」

大男がためいきをつきます。

「元気だしなよ。ひるからは、とうちゃんのおとくいさまをまわるんだろ。おいらもお供するからさ」

たこをかかえた少年は、おやじさんの手をひっぱってあるきだしました。

榛《はん》の木馬場《きばば》の南にある亀沢町《かめざわちょう》の長屋《ながや》が、この親子のすまいでした。

へやにあがるなり、男は長火ばちのそばにすわりこんでしまいました。少年は、手ばやくお茶をいれると、火ばちの上でおもちを焼きはじめます。

「とうちゃん、きょうは、どこをまわったの？」

焼けたおもちに、砂糖《さとう》じょうゆをつけて、父親のまえにおしやりながら、少年がたずねます。

「ええと、朝一番にでかけたのが三田《みた》の薩摩屋敷《さつまやしき》、そのあと溜池《ためいけ》の岡田筑前《おかだちくぜん》さま、そいから市ヶ谷《いちがや》の水野《みずの》さま、湯島《ゆしま》の黒田《くろだ》さまにまわって、おしまいが坂本町《さかもとちょう》の九鬼《くき》さまのお屋敷《やしき》だ」

「へえ、お城《しろ》のまわりをひとめぐりしたってわけだね」

「そうよ、毎年のことだが、この年始まわりっていうやつは、どうでもいいなあ」

「だけど、佐竹《さたけ》のだんなは町方《まちかた》の同心《どうしん》じゃないか。どうしてお大名《だいみょう》や旗本《はたもと》の御大身《ごたいしん》の屋敷をまわらなくちゃならないの。お奉行《ぶぎょう》さまや上役《うわやく》の与力《よりき》のみなさまだけ、まわればいいのに」

父親は、ぱくついていたおもちを、ごくりと飲みこむと、えへんとせきばらいします。

「そこがしろうと考えっていうもんだ。なるほど町方役人の給料は奉行所《ぶぎょうしょ》からでるが、このほか、お大名や旗本のお殿《との》さまからも、お手あてがでていてな、こいつがばかにならねえのさ」

「へえ、どうして、お大名からお金がでるの」

「そりゃあ、おさむらいだって、いつなんどき町人とのもめごとがないとはかぎらねえ。諸国《しょこく》のお大名の家来なんて、いなか者が多いから、江戸《えど》の町でもめごとにまきこまれると、どうしていいかわからなくなるのさ。そのとき、町方役人《まちかたやくにん》が、うまくとりはからってくれれば、恥《はじ》をかかずにすむ。ま、そのために、あらかじめ役人に祝儀《しゅうぎ》をはずんでおくのさ。佐竹《さたけ》のだんなみたいなベテラン同心《どうしん》ともなりゃあ、かなりのお大名《だいみょう》からお手あてがでるからな」

「なるほどね。だから年始まわりにいくってわけだね」

「そういうこと。八丁堀《はっちょうぼり》の同心といやあ、年給が三十俵《ぴょう》二人扶持《にんぶち》だから、安サラリーマンもいいとこだがよ、そんな余禄《よろく》があるから、けっこうぜいたくもできるし、おれみたいな岡《おか》っ引《ぴ》きに、月づきのお手あてをくださることもできるってわけさ」

「ふふ、とうちゃんだって、だんなのお手あてだけでたべてるわけじゃないものね。縄張《なわば》り内《うち》の大店《おおだな》から、ご祝儀《しゅうぎ》をもらって生活してるんだもの」

「ま、そういやあ、そうだ」

父親は、しょうゆのついた口のまわりを、ぺろりと舌《した》でなめまわしました。

「とうちゃん、こんどは、そのだんな衆《しゅう》のところにいくんだろ。あんまりおもちをたべると、酒がまずくなるよ」

いつつめのおもちにはしをつけようとする父親に、男の子は、やんわりとくぎをさします。

2

すもうとりとみまがう大男の名は、人よんで大仏《だいぶつ》の千次《せんじ》。南町奉行所定廻同心《みなみまちぶぎょうしょじょうまわりどうしん》佐竹左門《さたけさもん》にかわいがられている岡《おか》っ引《ぴ》きです。

むすこの名は、百太郎《ひゃくたろう》。十三歳《さい》にしては小柄《こがら》ですが、くりくりよくうごく目でもわかるとおり、これでなかなかすばしっこい。おまけに、おつむのほうもさえていて、父親の千次がお手あげの難事件《なんじけん》をみごとに解決《かいけつ》しては、千次に手柄《てがら》をたてさせるという孝行者《こうこうもの》です。

焼きもちで腹《はら》をふくらませた千次は、小者スタイルをやめ、着物の上から、無紋《むもん》の羽織《はおり》をきこむと、百太郎をしたがえて、亀沢町《かめざわちょう》の長屋《ながや》を出発しました。百太郎はといえば、小わきにせんすのはいったはさみ箱をかかえています。このせんすは、年始にでむいたさきにおいていく、お年玉ですが、ほんの形ばかりの品で、とても実用にはなりません。

お江戸《えど》で年始さきにくばるものというと、たいていが、この〝ばらばらおうぎ〟か、ねずみ半紙という、質《しっ》のわるい半紙でした。

ふたりは、まず、町内の木戸口《きどぐち》にある自身番《じしんばん》にでむきます。

江戸《えど》の町には、町内ごとに自身番というものがあって、市役所の出張所《しゅっちょうじょ》と裁判所《さいばんしょ》と派出所《はしゅつじょ》をいっしょにしたような仕事をしていました。

自身番の職員《しょくいん》は、まず町内のおもだった家主が二名、店番ふたりに番人ひとりの五人です。

ただし、この家主というのは、家の持ち主ではなくて、借家の管理人のことです。大家《おおや》さんともよばれていました。

お江戸の町家《まちや》は、ほとんどが地主から土地や家をかりた借地借家で、こうした借地借家を管理するのが、家主とか大家とよばれる人たちです。ところが、この人びとは、ただ家を管理するだけでなく、そこにすんでいる借家人の管理もまかせられていました。

だから家主は、自身番につめていて、人別帳《にんべつちょう》の記入から、奉行所《ぶぎょうしょ》の〝おふれ〟の伝達、あるいは町内のもめごとの仲裁《ちゅうさい》、犯罪者《はんざいしゃ》の逮捕《たいほ》勾留《こうりゅう》といったことまでやったのです。

自身番のおくにある板の間には、犯罪者を一時《いっとき》つないでおく、大きな鉄の輪《わ》がついた柱がたっていました。

岡《おか》っ引《ぴ》きというのは、いってみれば民間の私立探偵《しりつたんてい》みたいなもので、自身番《じしんばん》のように町内がもうけた役所とは、直接《ちょくせつ》つながりはありませんが、そこは、おなじ犯罪《はんざい》をあつかう間柄《あいだがら》なので、おたがい仲《なか》よくやっているケースが多かったようです。

千次《せんじ》が新年のあいさつまわりで、まずは町内の自身番に顔をだしたのは、こういったわけがあったからでした。

千次が土間にたって、新年のあいさつをすると、火ばちのそばにすわっていた市郎兵衛《いちろべえ》という家主が、笑顔《えがお》であいさつをしてきました。

「大仏《だいぶつ》の親分、今年もよろしくたのみますよ」

「へい、こちらこそ、本年もよろしくおひきまわしください」

市郎兵衛は、亀沢町《かめざわちょう》の大きな商家をなん軒《げん》もあずかっている古手《ふるて》の大家《おおや》さんで、もめごとの仲裁《ちゅうさい》がとくいでした。

市郎兵衛は、うしろにひかえた百太郎《ひゃくたろう》にも、にこやかに声をかけました。

「おや、ちびっ子親分もいっしょだね。去年は、たいそうお手柄《てがら》をたてたねえ。今年もせいぜいおとっつあんの手助けをしておくれよ」

そういいながら、ふところからとりだしたお金を、手ばやく紙につつんで、百太郎《ひゃくたろう》のまえにおきます。

「はい、これはお年玉」

なかをみなくても、さわってみれば一分金《ぶきん》とわかります。一分金は一両の四分の一、いまのお金になおせば、そう、二万二、三千円というところ。こんな大金を子どものお年玉にする習慣《しゅうかん》は、江戸《えど》時代にはありません。つまり、これは父親への祝儀《しゅうぎ》なのです。

「せっかくの年始客だが、なにぶん自身番《じしんばん》で酒をだすわけにもいかない。千次《せんじ》さんには、お茶でもさしあげておくれ」

家主の声に、番人の若《わか》い男が、しぶ茶をだしてくれました。

「ところで、親分、例の賊《ぞく》は、その後どうだね」

「へえ、例の賊といいますと、黒手組《くろてぐみ》？」

「ああ、暮《く》れには日本橋《にほんばし》の呉服屋《ごふくや》がやられたそうじゃないか」

「堺屋《さかいや》さんという大店《おおだな》ですが、なんでも家宝《かほう》の茶わんを盗《ぬす》まれたとか」

「どうも、なんだね。黒手組《くろてぐみ》というのは、よほど風流人なんだねえ。金にはまるで手をつけないで、書画こっとうのたぐいばかりねらってるじゃないか」

「まったく、へんな盗人《ぬすっと》でさあ。どれもこれも天下の名品ですから、なるほど値打《ねう》ちものかもしれねえが、さばくのにも苦労するんじゃねえんですかねえ」

「おまけに、予告状《よこくじょう》まで送りつけてくるっていうじゃないかね」

千次《せんじ》は、ぐびりとしぶ茶をのみほします。

「そうなんです。なん月なん日に参上つかまつりますと、ごていねいに予告状を送ってくるんですがね、これがまた、どんなにしまりを厳重《げんじゅう》にしても、効果《こうか》がねえっていうんだから……。うわさによると、キリシタンの魔法《まほう》をつかうそうです」

「キリシタンかなんだかしれないが、そのうち、大川《おおかわ》をわたってくるんじゃないのかい」

「だんな、おどかしっこなしですよ」

千次がふとい首をすくめたので、大家《おおや》さんがおかしそうにわらいました。

「だいじょうぶ、連中だって、本所《ほんじょ》にはいま売りだしの親分がいなさるってことは、先刻《せんこく》承知《しょうち》だろうよ」

亀沢町《かめざわちょう》の自身番《じしんばん》をでた千次《せんじ》と百太郎《ひゃくたろう》は、縄張《なわば》りにしている本所《ほんじょ》、深川《ふかがわ》の自身番や、大きなお店をまわりました。

自身番は、どの町にも一軒《けん》はあるし、ほとんどのところで、多くて一分《ぶ》、わるくても二朱《しゅ》のご祝儀《しゅうぎ》がでます。大きな商店では、ご祝儀のほかにお酒をのませてくれたり、百太郎にお菓子《かし》をくれますから、年始まわりをするだけで、けっこう二、三か月分の生活費くらいはでるのです。

まえにも書いたように、岡《おか》っ引《ぴ》きというのは、現在《げんざい》の警察《けいさつ》とはちがって、奉行所《ぶぎょうしょ》から給料をもらっているわけではありません。同心《どうしん》から小づかいをもらったり、こうして、町内の金持ちからご祝儀をもらって生活しているのです。むろん、事件《じけん》を解決《かいけつ》すれば、お礼をもらいますが、これもあくまで先方のふところしだいです。

こんなことから、大部分の岡っ引きは、べつに職業《しょくぎょう》をもっていて、捕《と》りものはアルバイトていどに考えていました。なかには、本職はやくざの親分が岡っ引きだったという、ぶっそうな例もけっこうあったようです。

千次のように、岡っ引きを専業《せんぎょう》にしているのは、ごくまれで、それだけに、ほかの親分のように、なん人も子分をかかえることもできず、いまだに、むすこの百太郎《ひゃくたろう》を助手につかっているしまつです。

その日、千次《せんじ》と百太郎は、なん軒《げん》かの大店《おおだな》や自身番《じしんばん》をまわり、深川森下町《ふかがわもりしたちょう》の材木問屋《どんやい》伊勢《せ》屋《や》の裏口《うらぐち》にやってきたときには、もうとっぷりと日がくれていました。

伊勢屋のむすめお千賀《ちか》ちゃんは、かつて人さらいにつかまったところを百太郎と千次にたすけられたことから、いまだにちょくちょくあそびにくる仲になっていました。

千次親子の顔をみると、お千賀ちゃんの両親は、さっそくふたりをおくにまねきます。

「いえ、本日はごあいさつにまいっただけですから」

しきりにえんりょする親子に、伊勢屋の主人徳右衛門《とくえもん》は、

「なにをおっしゃいます。そのお顔の色では、もう、かなりほうぼうをまわられたんでございましょう。正月は、まだ五日もありますよ。きょうの年始まわりは、ここで打ちどめということになさいまし」

手をとらんばかりの歓迎《かんげい》です。そばにいるお千賀ちゃんも、

「百ちゃん、なにをぼんやりしてるのよ。おとっつあんをさそって、はやくあがんなさ

い」

　半分しかりつけるようにして、おくにひっぱりこみました。

「ねえ、おじさん、このふりそで、きれいでしょ。それから、このはごいた」

　おくにとおった親子に、お千賀《ちか》ちゃんは、さっそく自分のきている着物と、役者絵のはごいたをじまんします。

「そういえば、おじょうちゃん、いつもとすっかりみちがえたよ。どこかのお姫《ひめ》さまかとおもった」

「あら、うれしい。やっぱりおじさんは、目がこえてるわねえ」

　お千賀は十一歳《さい》ですが、深川《ふかがわ》きってのおて

んばむすめで、とても着物やはごいたをよろこぶようにはみえませんが、そこは、やはり女の子です。

千次《せんじ》のお世辞《せじ》に、ちょいと片手《かたて》を口のところにもっていって、きどったポーズなどつけています。

やがて、お酒や料理がはこばれてきました。

「まことにおだやかな春になりましたな。米《こめ》の値《ね》も、おちついていますし、火事もすくのうございますし……」

千次のさかずきにお酒をつぎながら、伊勢屋《いせや》の主人が口をひらきました。

「ほんとに、けっこうな正月でございます」

あいづちをうちながら、千次もさかずきをのみほして、徳右衛門《とくえもん》に酒をかえしました。

「ところで親分、例の怪盗《かいとう》は、その後どうでしょう。川をわたってくる気配はありませんか」

「黒手組《くろてぐみ》でございますか。さあ、どうでしょうかねえ」

「いえ、きょうも商売なかまがやってきて、その話になりましてね。その男、かけ軸《じく》のよいのを集めているものですから、ずいぶんと気をもんでおりました」

「まったく、みなさんに心配をかけて、めんぼくねえしだいです。なあに、あんな、はでなことをやらかす盗人《ぬすっと》は、じきにつかまりまさあ」

「おなじつかまるなら、おじさん、おじさんのお手柄《てがら》にしなくちゃあ。ああ、はやく黒手《くろて》組《ぐみ》が、大川《おおかわ》をわたってこないかなあ」

お千賀《ちか》がうきうきした声をあげます。

「これ、めったなことをいうもんじゃありません」

おかみさんがあわててたしなめました。

千次《せんじ》と百太郎《ひゃくたろう》が伊勢《いせ》屋をでたのは、それから二時間もたってからでした。

夕方からふきはじめた北風に、ちょうちんのあかりが、ゆらゆらとゆれます。

「やれやれ。どこにいっても黒手組のうわさでもちきりだなあ」

千次が、ためいきまじりにいいました。

「そうだねえ。あれだけ手ぎわのいいところをみせられちゃあ、うわさになってもしょうがないよ。ええと、去年の暮《く》れまでに、六件《けん》だっけ?」

「いいや、堺屋《さかいや》をあわせると七件《けん》だ。九月のおしまいに三国屋《みくにや》にしのびこんだのが最初だから、月に二どのわりあいで荒《あら》かせぎをしてるわけだ。まったく、こうはでにやられたんじゃあ、お上《かみ》のご威光《いこう》にもかかわろうってもんだぜ」

千次《せんじ》はふたたび、ふといためいきをつきました。

黒手組《くろてぐみ》と名のる怪盗《かいとう》があらわれたのは、千次のいうとおり、昨年の九月二十八日です。浅草《あさくさ》にある骨董屋《こっとうや》に賊《ぞく》がしのびこみ、「鈴虫《すずむし》」という名の香炉《こうろ》を盗《ぬす》みだしたのです。この香炉は、なんでも国宝級《こくほうきゅう》の美術品《びじゅつひん》で、二千両の値《ね》がついていた品物だといいます。

ところで、賊がしのびこむ数日前、三国屋の店に、ふしぎな手紙がなげこまれていました。

半紙のおもてに、まっ黒な手形がおしてあり、その横に、

〝きたる九月二十八日の夜、香炉鈴虫をいただきにまいります。くれぐれも御用心《ごようじん》ください。

黒手組〟

と、書かれてありました。

三国屋《みくにや》の主人は、最初はただのいたずらだろうと、たかをくくっていましたが、当日になるとさすがに心配になり、香炉《こうろ》をまくらもとにおいてねたそうです。しかし、賊《ぞく》はやすやすと、天下の名器を盗《ぬす》みだしてしまいました。

それ以来、黒手組《くろてぐみ》は、つぎつぎと予告状《よこくじょう》を送りつけてきました。むろん、ねらわれた家では、すぐさま町役人にうったえて、当日は厳重《げんじゅう》な警戒網《けいかいもう》をしいてもらいましたが、それでも賊の手からのがれることはできませんでした。

まさにキリシタンバテレンの魔法《まほう》でもつかったごとく、品物がきえうせるのです。

いまのところ、賊が活動しているのは、隅田川《すみだがわ》の西ですが、いつなんどき、本所深川《ほんじょふかがわ》にあらわれないともかぎりません。

どこかで、かるた会でもしているのでしょう。

風にのって、

「久方《ひさかた》の――、光のどけき　春の日に――」

百人一首を読みあげる声がきこえてきます。

3

江戸《えど》時代には、現在《げんざい》のような休日があるわけではありませんが、いちおう正月の一日とお盆《ぼん》は商店がやすみになります。二日めからは、店をあけるところも多かったようですが、一月七日までは、かど松《まつ》をたて、正月気分ですごしました。酒ずきの人は、年始まわりにかこつけては、この七日間、ほうぼうでのみあるいたものですが、〝松《まつ》の内《うち》〟ということで、大目にみてもらったものです。子どもたちも、七日までは、こままわしやはねつきといった正月あそびをたのしみました。

子どもたちのかよう寺子屋《てらこや》は、一月五日に書《か》き初《ぞ》めをする習慣《しゅうかん》があり、この日まで正月やすみにしたところが多かったようです。

百太郎《ひゃくたろう》のかよっている寺子屋は、相生町《あいおいちょう》にある秋月精之介《あきづきせいのすけ》という浪人《ろうにん》が経営《けいえい》するお習字専門《せんもん》の塾《じゅく》です。

秋月先生は、まだ独身《どくしん》の青年でしたが、お習字だけでなく、剣術《けんじゅつ》、柔術《じゅうじゅつ》の腕《うで》もたいしたもので、ときおり千次《せんじ》の捕《と》りものの手助けもしてくれます。

ついでにいえば、寅《とら》ちゃんこと寅吉《とらきち》というガキ大将《だいしょう》も、この寺子屋《てらこや》にかよっている百太《ひゃくた》郎《ろう》のクラスメイトです。

書き初《ぞ》めの日、百太郎と寅吉は、〝寿《ことぶき》〟という文字を書いて、先生にほめられました。

「寅吉も百太郎も、なかなかじょうずに書けたぞ。これは、額《がく》にいれて、おもてにかざることにしよう」

生徒の書いた作品のうち、じょうずにできたものを寺子屋のおもてにかざるのが、この時代の習慣《しゅうかん》でした。生徒のはげみにもなるし、うちの生徒はこんなに上達しますという、宣伝《せんでん》にもなったからでしょう。

「へへ、おいら、額いりははじめてだぜ。とうちゃんがかえってきたら、みせにこなくちゃあ」

寅吉は、額にはいった自分の作品を、なんどもみあげています。寅吉の父親は、大工の棟梁《とうりょう》です。ふだんは気のいいおやじですが、ひとたびおこると、寅吉の頭を金づちでたたくという、わるいくせがありました。

「寅ちゃん、きょうもたこあげするんだろ」

百太郎《ひゃくたろう》がたずねると、寅吉《とらきち》は、ようやく額《がく》から目をはなしました。

「あたぼうよ。松《まつ》の内《うち》は、毎日あげなくちゃあ。おめえもくるんだろ」

「うん、きょうはお千賀《ちか》ちゃんもよせてくれっていってたから、いっしょにいくよ」

「けっ、あのおてんばむすめ、たこをあげるっていうのかい。まりつきでもしてりゃあいいのに……」

寅吉は、お千賀ちゃんがにがてなのです。

緑町《みどりちょう》にもどる寅吉とわかれ、百太郎は亀沢町《かめざわちょう》の家にもどりました。

父親の千次《せんじ》は、けさから同心《どうしん》の佐竹左門《さたけさもん》にくっついて、市中のパトロールにでかけています。

百太郎は、火ばちの炭をかきたてると、きりもちをふたつ焼いて、きなこをつけてたべることにしました。

百太郎には、母親がいません。六年ほどまえに病気で死んでしまったのです。それ以来、家のことはすべて、百太郎がやっています。

腹《はら》ごしらえをすませると、裏庭《うらにわ》のものほしにほしといた洗《せん》たく物をかたづけます。ついでに、あなのあいたたびのつくろいをしていると、おもてで女の子の声がしました。

「百太郎《ひゃくたろう》さん、いる？」

りっぱな絵だこをかかえたお千賀《ちか》ちゃんが、元気よくはいってきました。

「へえ、すごいな。武者絵《むしゃえ》のたこじゃないか」

「とうちゃんが両国《りょうごく》で買ってくれたの。うなりもつけてあるのよ」

〝うなり〟というのは、たこの背中《せなか》に張《は》りわたした糸のかわりに、竹の皮や女性《じょせい》の髪《かみ》を結《ゆ》うときにつかう平元結《ひらもとゆい》というものをうすくのばしたものを張ったものです。これをつかうと、たこが空中にのぼるにつれて、ブーン、ブーンと、うなり声をあげるのです。

お千賀ちゃんのたこには、〝うなり〟のなかでもいちばん上等な、くじらのひげがつかってありました。

「よし、おいらも、きょうは、うまくあげなくちゃあ」

百太郎も、かべにかけておいたトンビだこをかかえて土間におりたちます。

榛《はん》の木馬場《きばば》には、もう十人ほどの子どもが集まっていました。なかには、たこをかかえている子どももいますが、どうしたわけか、だれもあげようとしません。

「どうしたの」

百太郎《ひゃくたろう》の声に、子どものなかから寅吉《とらきち》が無言で空をゆびさしました。晴れわたった青空に〝龍《りゅう》〟の字を書いた大きな字だこが一まい、ゆうゆうと舞《ま》っています。

「けっ、今年もあいつに糸をきられちまったぜ」

なるほど、寅吉は、糸まきしかもっていません。みれば、集まっている子のなかにも、糸まきだけかかえてしょんぼりしている子が、なん人もいます。

「ああ、旗本屋敷《はたもとやしき》のけんかだこだね」

百太郎《ひゃくたろう》も、おもわずためいきをつきます。

いまでもそうですが、たこあげというのは、子どもだけでなく、おとなも、けっこうむちゅうになるもので、江戸《えど》時代には、子どもだけでなく、おとなもあげたものでした。さむらいの家では、子どもの成長をねがって、家来たちにあげさせたものです。いま、空に舞《ま》っている龍《りゅう》の字《じ》だこも、二ツ目通りの服部《はっとり》という旗本《はたもと》のお屋敷《やしき》の中間《ちゅうげん》たちがあげているのです。ところが、この字だこは、とんだあばれ者で、ほかにあがっているたこがあるとみると、たちまちおそいかかって糸をきってしまうのです。

たこどうし、糸をからませてけんかさせることは、子どもたちもやっていますが、服部屋敷のたこには、糸のなかほどに、ガンギという刃《は》ものがしかけてあって、どんなけんか上手のたこでも、たちどころに糸をきられてしまうのです。

こんなひきょうなやりかたをすれば、たちまち文句《もんく》がでるところですが、相手がおさむらいだけに、だれも文句をいえないのです。それを承知《しょうち》のうえで、我《わ》が物顔《ものがお》であばれているのでしょう。

「きょうは、風むきがわるいや。どこからあげても、二ツ目のほうにながされちまうんだ。

おめえたちも、きょうは、あきらめたほうがいいぜ」

寅吉《とらきち》が、百太郎《ひゃくたろう》たちに忠告《ちゅうこく》します。と、お千賀《ちか》ちゃんが、ふんと、鼻をならしました。

「なによ、あんなたこなんか。反対に糸をきってやるわ」

いうがはやいか、手にしたたこを、風下にむけてはなしました。

おりからの強い北風に、源頼光《みなもとのらいこう》と酒呑童子《しゅてんどうじ》がにらめっこしている絵だこが、するすると舞《ま》いあがりはじめました。

「あっ、やめなよ。お千賀ちゃん、かないっこないよ」

百太郎たちがとめるのもきかず、お千賀はどんどん糸をのばしていきます。

武者絵《むしゃえ》のたこは、ぶーんと、うなりをあげて、二ノ橋《にのはし》のはるか上空へとのぼっていきました。

と、それまでゆうゆうとおよいでいた龍《りゅう》の字《じ》だこが、ふいに左にかたむいたかとおもうと、ぐんぐんお千賀ちゃんのたこに接近《せっきん》してきました。

二まいのたこが、左右にいれかわったとみるまに、字だこがくるりと一回転しました。糸と糸とがからまったまま、字だこが急上昇《きゅうじょうしょう》をはじめました。お千賀ちゃんのたこも、字だこに引っぱられるように、空にのぼりだしましたが、きゅうにがくんと上昇《じょうしょう》をやめました。

それといっしょに、ふわりと糸がたるみ、空のたこは、風にのって、二《に》ノ橋《はし》のかなたへとんでいってしまいました。

「ちくしょう！」

声をあげたのは寅吉《とらきち》です。お千賀《ちか》はだまって、竪川《たてかわ》のむこうにとんでいく自分のたこを目でおっていました。

「くやしいなあ。なんとかならないかなあ」

百太郎《ひゃくたろう》も、空をみあげて歯ぎしりします。

お千賀ちゃんのたこの糸をきった龍《りゅう》の字《じ》だこは、これみよがしに、青空をおよぎまわっていました。

そのとき、うしろで声がしました。

「なんだ、なんだ。本所《ほんじょ》の子は、けんかだこのあげかたもしらねえのか」

ふりかえると、黒いはらがけに、広そでをはおったげたばきの男がたっていました。右手には、〝びんだらい〟という、髪結《かみゆい》の道具をぶらさげています。ひと目で、廻髪結《まわりかみゆい》とわかる男です。

「相手がわるいや。ガンギじかけの旗本《はたもと》のけんかだこだもの」

寅吉《とらきち》が、ためいきまじりにこたえると、髪結の男は、にやりとわらいました。

「糸きりじかけをしていようと、やりかたしだいでやっつけられらあ。ちょいと、そのたこをかしてみな」

男は、髪結道具をかたわらにおくと、百太郎《ひゃくたろう》がかかえているトンビだこを手にしました。それから糸の張《は》りぐあいをたしかめたり、しっぽの長さをはかっていましたが、しっぽのさきっちょを二十センチばかりやぶりとってしまいました。

「そんなにしっぽを短くしたら、安定がわるくなりゃあしない？」

「そのかわり、小回りがきくようになるさ」

男は、手なれた調子でトンビだこを風下にほうりあげました。と、たこは、まるで生きているように羽をばたつかせながら、空にかけのぼっていきます。

龍《りゅう》の字《じ》だこも、あらたにのぼってきたトンビだこに気がついたのでしょう。えものがの

ぼってくるのをまちかまえるふうに、右に左にうごきはじめました。そして、トンビだこがならんだとみるまに、おそいかかってきました。

瞬間《しゅんかん》、髪結男《かみゆいおとこ》は、糸を大きくあおりました。トンビが、すいと高みにのぼります。字だこが、その下をかすめるように右に流れていきました。あわてて体勢《たいせい》をたてなおそうとする字だこに、こんどはトンビだこがおそいかかりました。

ふた張《は》りのたこは、もつれあったまま、青空を右に左に大きくゆれうごきます。

百太郎《ひゃくたろう》たちは、かたずをのんで、空中戦をみつめていました。

きゅうにふた張りのたこは、まっさかさまにおちはじめました。たこのおちていく方向に弥勒寺《みろくじ》の大屋根が早春の日にいらかを光らせています。

「ああ――」

子どもたちのあいだから、声にならない声があがります。

まっさかさまに墜落《ついらく》していったたこが、弥勒寺の大屋根のむこうにきえました。

と、すぐに屋根のかげからひと張りのたこが、ぐんぐん空にむかってのぼりはじめたのです。百太郎のトンビだこでした。

龍《りゅう》の字《じ》だこは……。どうやらお寺の本堂《ほんどう》の屋根にでもひっかかったのでしょう。いくらたっても舞《ま》いあがってきませんでした。

「やった――」

冬空に舞うトンビだこに、百太郎《ひゃくたろう》たちは、歓声《かんせい》をあげます。

「ほらよ」

髪結《かみゆい》が、たこ糸を百太郎にもどしました。

「おじさん、たこあげの名人だねえ」

寅吉《とらきち》が、うっとりとした目つきで男をみあげました。よくみれば、なかなかハンサムな顔だちです。年は三十歳《さい》前後でしょうか。

ただ、左のほほに、刃《は》もののきずあとらしいものが、うすくのこっていました。

髪結道具を手に、男は馬場《ばば》をでていきます。

「このへんじゃあ、みなれない人だな」

さっていく男のうしろすがたを、百太郎は、しばしみとれていました。

「百ちゃん、たこがおっこちるわよ」

お千賀《ちか》ちゃんの声に気がつくと、トンビが大空でくるくるとまわっていました。

4

百太郎《ひゃくたろう》が亀沢町《かめざわちょう》の長屋《ながや》にもどったのは、夕方でした。父親の千次《せんじ》は、まだもどっていません。いそいで夕飯のしたくをして、父親のもどりをまちます。

入江町《いりえちょう》の鐘《かね》が六時をつげてまもなく、千次がもどってきました。

「おかえり。湯にいってくる？　それとも、さきにごはんにしようか」

百太郎のことばにも、千次はむっつりだまりこんでいます。だまって火ばちのそばにすわりこむと、きせるをとりだして、ぷかり、ぷかりと、たばこをすいはじめました。きざみを三服すいおわったところで、千次はやっと百太郎のほうにむかって、こたえました。

「おい、めしにしてくれ」

「あいよ」

百太郎は、台所の七輪《しちりん》でにこんだ土なべを、長火ばちの上にはこびます。今夜は、柳川《やながわ》なべです。

みそじたてのおつゆのなかに、ごぼう、大根、ねぎといった野菜と、骨《ほね》をぬいたドジョウをいっしょにたきこみます。

現在《げんざい》の柳川《やながわ》なべは、たまごとじにあつらえますが、これは百太郎《ひゃくたろう》の時代より、もうすこしあとの、幕末《ばくまつ》のころ。

「お、今夜は、ドジョウか」

土なべのふたをとった千次《せんじ》が、歓声《かんせい》をあげました。

「うん、けさ、売りにきたから、買っといたんだよ」

こたえながら、百太郎は、千次のまえにさかずきをおいて、お酒をさしだしました。

「いやに、サービスがいいじゃねえか」

「そりゃあ、そうさ。初仕事の依頼《いらい》があったんだろ。一本つけなきゃあ」

さかずきに口をもっていきかけた千次が、けげんな顔をします。

「初仕事って、おめえ、泉屋《いずみや》さんの一件《けん》をしってるのかい」

「へえ、泉屋さんの依頼か。泉屋さんて、深川元町《ふかがわもとまち》の米屋《こめや》さんだろ」

「そうさ。とうとう、例の盗人《ぬすっと》が、大川《おおかわ》をわたりゃあがったのさ」

千次《せんじ》はごくりと酒をのみほすと、なべをつつきはじめました。

きょう、千次は南町奉行所定廻同心《みなみまちぶぎょうしょじょうまわりどうしん》の佐竹左門《さたけさもん》のお供《とも》をして、本所《ほんじょ》、深川《ふかがわ》をパトロールしていました。

永代橋《えいたいばし》のたもとで食事をしたあと、佐賀町《さがちょう》の自身番《じしんばん》に声をかけ、大川のほとりをさかのぼって小名木川《おなぎがわ》にかかる万年橋《まんねんばし》をわたり、橋のたもとにある元町《もとまち》の自身番にたちよりました。

同心の市中パトロールは、このように各町内の自身番をまわって、異常《いじょう》がないかをきいてまわるのがおもな役目です。

自身番のまえにたつと、左門が、

「番、ばん」

と、声をかけます。すると、なかから、

「ハハーア」

とこたえます。

「町内、なにごともないか」

左門《さもん》がふたたびたずね、異常《いじょう》がなければ、ここで、

「へーイ」

と、こたえがもどってきて、同心《どうしん》は、つぎの自身番《じしんばん》へとむかうのがしきたりでした。

ところが、深川元町《ふかがわもとまち》の自身番では、左門の声に、

「おそれながら、訴《うった》えの儀《ぎ》がございます」

そういって、家主が顔をだしました。

「うん」

左門は、ずいと自身番のなかにはいります。

自身番は、本来、三畳《じょう》のたたみのへやと、おくに、おなじくらいの板の間をもうけるようになっていましたが、三畳のたたみべやに、五人の町役人が勤務《きんむ》するのは、あまりにもせまいので、ほとんどが規則《きそく》以上の広さがありました。

この自身番も、六畳ほどのたたみがしいてあります。

へやのなかに、五人の職員《しょくいん》のほかに、ひとりのりっぱな中年男がいて、左門《さもん》のすがたを

みると、あわてて土間におりてきました。

「こちらは、町内で米屋《こめや》をいとなんでおります、泉屋《いずみや》の主人、重蔵《しげぞう》でございます」

家主さんが、紹介《しょうかい》します。

「訴《うった》えの儀《ぎ》があるというのは、おまえさんだね。はなしてみねえ」

無言であがりがまちにすわりこんだ左門《さもん》にかわって、千次《せんじ》がたずねました。

泉屋重蔵は、一礼すると、ふところから一枚の紙をとりだすと、千次にさしだしました。

「じつは、けさ、てまえどもの店の雨戸に、このようなものがさしこまれておりました」

受けとった紙をひろげた千次は、おもわず声をあげます。

半紙の中央に、黒い手形がおされ、そのよこに、

〝新年おめでとうございます。

貴家《きか》につたわる、金の仏像《ぶつぞう》をちょうだいいたしたく、松《まつ》がとれたら、早々に参上いたしますので、くれぐれも御用心《ごようじん》ください。

黒手組《くろてぐみ》〟

と、ありました。

「だんな……」

千次《せんじ》の声に、左門《さもん》も、

「みせてみねえ」

千次の手から、手紙をとりあげて、じっとみつめます。それから、

「うう……ん」

うなりました。

と、ふいに泉屋《いずみや》の主人が、土間にひざをつきました。

「おねがいでございます。どうか賊《ぞく》の手からおまもりくださいませ」

泉屋重蔵《いずみやしげぞう》は、左門の足元にはいつくばって、熱心にたのみます。

左門は、手紙をわきにおいて、腕《うで》ぐみをして考えこんでいましたが、やがて口をひらきました。

「泉屋とかいったな。おめえ、こんないたずらで、お上《かみ》の手をわずらわしちゃあいけねえよ」

「いたずら……と、もうしますと」

「この手紙は、たちのわるいいたずらだぜ。よしんば、これがほんものとしてもだ。まだ、おめえっちにおしいったわけじゃあねえだろうが」

「それは、そうでございますが、ここに、ちゃんと、松《まつ》がとれたら、早々に参上すると書いてございます。きっと八日になれば、おしかけるつもりでございましょう」

泉屋《いずみや》は必死に訴《うった》えますが、同心《どうしん》はそっぽをむいたまま、かるくせきばらいしました。

「盗人《ぬすっと》のいうことなんぞをあてにして、人数をくりだせるほど、お上《かみ》は、ひまじゃあねえんだ。いいか、泉屋、これこれの品を、いついつに盗《ぬす》まれましたというんなら、お上もお

とりあげになるが、盗《ぬす》まれもしねえうちから、お上《かみ》をたよってもらっちゃあこまるぜ。おれっち八丁堀《はっちょうぼり》は、用心棒《ようじんぼう》じゃあねえんだからな。千次《せんじ》、いくぞ」

同心《どうしん》は、すっくとたちあがると、まだ土間にすわりこんでいる米屋《こめや》のそばをすりぬけ、そのままおもてにでました。あわてて千次もあとをおいます。

十メートルもあるいたでしょうか。左門《さもん》が小声で千次にはなしかけてきました。

「千次、おれのやりかたが、不服っていうつらをしてるな」

「え？　とんでもねえ」

「おれも、あんないいかたはしたくなかったが、こいつも上からのお達しでよ」

「上からといいますと、お奉行《ぶぎょう》さまの」

「そうよ、こんご、黒手組《くろてぐみ》の予告状《よこくじょう》がまいこんでも、いっさいかかわってはならんとな」

「そりゃあ、また、どうして」

「つまりだな……」

左門はすばやく、あたりをみまわしました。

「去年、奉行所は、予告状がまいこむたびに、人数をくりだして警戒《けいかい》にあたったのは、おめえもしっているだろう。ところが、賊《ぞく》は、まんまと目的の品物を盗《ぬす》みだした。いってみりゃあ、奉行所《ぶぎょうしょ》は、とんと役にたたなかったわけだ。このまま、黒星をかさねてみねえ、ご政道《せいどう》の威光《いこう》にかかわるっていうもんだ。だから、これからは、予告状《よこくじょう》がまいこんでも、おれっちはとりあわねえことにしたのよ。そうすりゃあ、こっちの落ち度にはならねえだろう」

「しかし、そうなると、ますますお役人は、あてにならねえ。賊がはいるとわかっているのに、しらん顔をしているって、うわさをたてられるんじゃあねえですかい」

「さあ、そこだ」

左門《さもん》が、ぐっと顔をよせてきました。

「おもてむきは、とりあわねえが、うらでは、ちゃんと手配りをして、賊をつかまえようってことになってるのよ。こうすりゃあ、失敗しても役人の責任《せきにん》にならねえし、もしふんづかまえりゃあ、お上《かみ》の評判《ひょうばん》もあがるっていうものさ」

「へえ、なんだか虫のいいおはなしですね」

「はは、それをいうな。奉行所も黒手組《くろてぐみ》には、ほとほと手をやいてるんだ。そこで千次《せんじ》、おめえ、これから、あともどりして、てめえひとりの了見《りょうけん》で、泉屋《いずみや》の相談にのっちゃあくれねえか」

「つまり、あっしひとりで、泉屋の事件《じけん》をひきうけろって……?」

「ああ、むろん、おれもかげから応援《おうえん》するがよ、おもてむきは、おめえひとりがうけおってほしいのよ。じゃあ、たのんだぜ」

左門《さもん》は千次《せんじ》の肩《かた》をぽんとたたくと、返事もきかずにあるきだしました。

5

土なべのなかのドジョウは、あらかたなくなり、あとは、みそしると千切りのごぼうと大根がおよいでいるばかりです。

百太郎《ひゃくたろう》は、なべのなかにごはんをいれて、おじやをつくりはじめました。

「で、泉屋さんとは、うまく交渉《こうしょう》できたの?」

「いましがたまで、家ではなしをきいていたのさ。黒手組《くろてぐみ》がねらっている黄金の阿弥陀《あみだ》さまというのもおがませてもらったがな、こいつがそうとうのもんだ。高さが、さあて、十五センチというとこかな。台座《だいざ》からなにから金むくときている。ありゃあ、つぶして金のかたまりにしても、たいそうな値打《ねう》ちだな」

「それで、とうちゃんは、いつから張《は》りこむことにしたの？」

土なべのおじやがにたってきました。百太郎《ひゃくたろう》は、おじやが大好物です。おしんこをおかずに、あついやつを、ふうふうさましながらすすると、体のしんからあったまってきます。

「黒手組《くろてぐみ》は、いままで約束だけはたがえたことがねえから、しのびこむのは、八日だろう。ま、ひるまはだいじょうぶとして、問題は八日の夜だなあ」

「じゃあ、八日の晩《ばん》は、とうちゃんも泉屋《いずみや》さんにとまりこむんだね」

「ああ、そうするつもりだ。あそこは米屋《こめや》だけに、力じまんの奉公人《ほうこうにん》が多いから、そとから人をいれることもあるまいよ」

「もちろん、おいらのこともわすれないでね」

百太郎が父親の顔をのぞきこみます。

「すまねえが、おめえもとまってくれねえか。なあに、どんな盗人《ぬすっと》だろうと、こっちが用心してりゃあ、どうってことないさ」

千次《せんじ》が、豪快《ごうかい》にわらってみせましたが、はたして本心は、どこまで自信があることやら。

正月七日は、七草《ななくさ》がゆといって、七種の野草をたきこんだおかゆを食べる習慣《しゅうかん》がありました。

七草も地方によって、すこしずつちがっていますが、一般的《いっぱんてき》には、せり、なずな、ごぎょう（ハハコグサ）、はこべら（ハコベ）、ほとけのざ、すずな（カブラ）、すずしろ（ダイコン）をいうようです。

もっとも、江戸《えど》の町方《まちかた》で、野草の手にはいりにくいところでは、台所道具を五品ならべたそばで、青菜となずなだけを、まないたにおいて、

七草　なずな、唐土《とうど》の鳥が
日本の国へ　わたらぬさきに

と、うたいながら、ほうちょうで、トントンたたいて、きざんだものです。

江戸では、この七草までが正月行事で、八日の夜が明けきらぬうちに、松飾《まつかざ》りをはずします。つまり一月七日までは正月気分でいられますが、八日の朝からは早起きして、はた

らかなくてはならないということでしょう。

七日の午後、百太郎《ひゃくたろう》は父親につれられて、深川元町《ふかがわもとまち》にある泉屋《いずみや》をたずねました。黒手組《くろてぐみ》が予告したのは、松《まつ》のとれた日、つまり明日ですが、いちおう、前日に打ちあわせをしておこうということになったのです。

泉屋は大きな米屋《こめや》です。広い店の土間に、足ぶみ式の米つき機が六台ならび、人足《にんそく》が、ずしん、ずしんと米をついています。

米俵《こめだわら》をつんだ大八車《だいはちぐるま》がしょっちゅう出入りしています。

ふたりは、店の横手の路地をはいって、倉のそばの木戸《きど》から母屋《おもや》へとまわりました。

泉屋重蔵《しげぞう》は、四十歳《さい》くらいでしょうか。がっしりとした体つきの男です。きっと若《わか》いころは力じまんだったにちがいありません。

「だんな、こいつはせがれの百太郎といいます。明日の晩《ばん》は、こいつもとまりこませますんで、よろしくおねがいいたします」

千次《せんじ》が百太郎を紹介《しょうかい》すると、重蔵は、じろりと百太郎をながめました。

「なんだね、むすこさんというから、一人前の若者《わかもの》かとおもったら、まだ子どもじゃないか。そんな小さな子どもをつれてきても、しょうがないんじゃないのかい」

「あっしがいうのもへんですが、この子は、捕《と》りものの腕《うで》だけは、たしかなんで。きっと役にたつとおもいます」

「ま、親分がいうのなら、あたしゃあ、なにもいいませんがね。で、明日の晩《ばん》のことだけど、どういうぐあいにしましょうか」

「さようですねえ」

千次《せんじ》がしゃべりかけたとき、百太郎《ひゃくたろう》がぺこりとあいさつしました。

「すみませんが、まず、その仏《ほとけ》さまをおがませていただけませんか。現物《げんぶつ》をみておかないことには、いざというときにこまります」

「そりゃあ、そうだ。じゃあ、こちらにいらっしゃい」

重蔵《しげぞう》が、さかいのふすまをあけました。そこは、仏間《ぶつま》になっていて、おくにりっぱな仏だんがありました。重蔵は、うやうやしく仏だんのとびらをひらくと、手をあわせます。

百太郎も、合掌《がっしょう》してから、そっと仏だんのおくをながめました。なるほど、金色にかがやく仏さまが、安置してあります。

「まことにもうしわけありません。仏《ほとけ》さまを、こちらにだしていただけませんか」

「はい、はい。ようくおがんでおいてくださいよ」

主人がそっと仏像《ぶつぞう》をかかえあげて、座敷《ざしき》のテーブルの上にのせました。台座《だいざ》をあわせて、十五、六センチはある、阿弥陀《あみだ》さまです。

百太郎《ひゃくたろう》も、主人にことわって、かかえてみました。ずっしりとした重みです。鉄や銅《どう》では、こんなに重くはならないでしょう。

「ありがとうございました。とっくりと拝見《はいけん》させていただきました」

観察をおえた百太郎がいうと、泉屋重蔵《いずみやしげぞう》が感心したようにいいました。

「いやあ、さっきは失礼なことをいってしまった。いま、そばからながめていたが、仏さまをみる目つきのするどさは、とても子どもとはおもえない。なるほど親分が、たよりにしていなさるだけのことはある」

重蔵は、百太郎が仏像のすみからすみまでじっくりと観察しているところをみて、百太郎をみなおしたようです。

仏像を元の仏だんにもどしたあと、三人は、明日の晩《ばん》のだんどりについて相談しました。

まず、仏像《ぶつぞう》のおいてある仏間《ぶつま》に、重蔵《しげぞう》と千《せん》次《じ》と百太郎《ひゃくたろう》の三人が陣《じん》どります。それから、となりの座敷《ざしき》には、番頭《ばんとう》ふたりに、力じまんの奉公人《ほうこうにん》を三人つめさせます。仏間には、この座敷をとおらなくてははいれませんから、ここをかためておけば、だれも仏間にははいってこられません。

座敷のそとは、えんがわになっていて、そのむこうに庭があります。庭のむこうは板べいで、板べいのそとは空地になっているそうです。万が一、賊《ぞく》が板べいをのりこえて侵入《しんにゅう》することも考えられないことはないので、明日の晩《ばん》は、交替《こうたい》で、庭に張《は》り番をたてることにしました。そのほか、えんがわにもひとり、

寝《ね》ずの番《ばん》を配置《はいち》し、座敷《ざしき》の両側のへやにも、それぞれ力じまんの人足《にんそく》をねかせることにしました。

「これだけ厳重《げんじゅう》にすりゃあ、まず安心でしょうよ。あとは、屋敷《やしき》のなかをいちおう拝見《はいけん》させてもらって、賊《ぞく》のしのびこみやすいところをチェックしときましょう」

千次《せんじ》がいうと、重蔵《しげぞう》も満足そうに、うなずきました。

「いや、さすがに専門家《せんもんか》だけのことはある。はは、なんだか、明日の晩《ばん》がたのしみになってきましたよ」

相談がまとまったので、千次と百太郎《ひゃくたろう》は主人の案内で、屋敷のなかをあるいてみました。母屋《おもや》を調べ、ついでに店のほうもみてみることにしました。

店は、米《こめ》つき機や、俵《たわら》をつんだ土間と、板ばりの帳場《ちょうば》にわかれています。土間のほうでは人足が米をついているし、板の間では十数人の前かけすがたの奉公人《ほうこうにん》が、お客の相手をしたり、帳面をつけたり、そろばんをはじいたりしています。

と、百太郎は足をとめました。板の間のいちばんすみっこで、たすきがけの男が、むこうむきにたって、しきりに、かみそりをうごかしていました。そばに、水をはったびんだらいと、髪結道具《かみゆい》がおかれています。

大きな店では、奉公人《ほうこうにん》がいちいち髪結床《どこ》にいかなくてもいいように、店に髪結職人《しょくにん》をよんで、全員の髪《かみ》を結《ゆ》ってもらっていました。このように出張専門《せんもん》の髪結のことを廻髪結《まわりかみゆい》といいます。

もちろん、百太郎《ひゃくたろう》もひと目《め》で、それが廻髪結とわかりましたが、問題は、そのうしろすがたです。

そのとき百太郎の視線《しせん》を感じたのか、髪結の男が、こっちをむきました。

「ああ、やっぱり」

おもわず声をあげた百太郎に、泉屋《いずみや》の主人がふしぎそうにたずねました。

「あの髪結が、どうかしましたか」

「え?　いえ、こないだ、とおりがかりに、たこをあげてもらったんです。あの人、たこあげの名人なんですよ」

「へえ、新三《しんざ》さんがねえ」

「新三っていうんですか」

「ええ、いつもやってくる髪結《かみゆい》さんが病気になっちまってね。ここふた月ばかり、あの人がかわりにきてるんだが、仕事がていねいなんで、奉公人《ほうこうにん》もよろこんでますよ」

自分の名がでたのを耳にしたらしく、髪結はあいまいな笑顔《えがお》をみせて、かるくえしゃくをしました。しかし、百太郎《ひゃくたろう》の顔はもうわすれてしまったようです。

第二話　百太郎《ひゃくたろう》の失敗

1

一月八日は、朝から強い西風がふいていました。それが夕方になると、ぱたりとやみ、かわって身ぶるいするような冷えこみになりました。

千次《せんじ》と百太郎《ひゃくたろう》は、暮《く》れの鐘《かね》を待って、泉屋《いずみや》にやってきました。

店ののれんがはやばやとしまいこまれて、おもての雨戸もみんなしまっています。ふたりは裏木戸《うらきど》をあけてもらって、母屋《おもや》へはいりこみました。

泉屋の主人や奉公人《ほうこうにん》が、はやくも仏間《ぶつま》と、となりの座敷《ざしき》につめています。ろうかや、家の要所《ようしょ》ようしょにも、きのう千次がさしずしたとおり、奉公人ががんばっていました。

「ご主人、今朝からなにかかわったことは、ござんせんか」

千次《せんじ》がたずねると、泉屋《いずみや》は首をふりました。

「仏《ほとけ》さまも、あのとおりご無事《ぶじ》ですし、べつにこれといったこともおこりませんよ」

「そうですかい。やはり、今夜でしょう」

千次は、まず、百太郎《ひゃくたろう》をつれて、家のなかをみてまわり、戸じまりをたしかめます。雨戸は、どこもふといしんばり棒《ぼう》でおさえられていますし、トイレのまども、がんじょうな格子《こうし》がはいっています。もっとも頭のはたらくどろぼうは、トイレのくみとり口からしのびこむこともあるので、トイレは、よく見張《みは》るように奉公人《ほうこうにん》に注意しました。

「ねえ、八丁堀《はっちょうぼり》のだんなには、今夜のことを、おしらせしてるんだろ」

百太郎が小声でたずねます。

「ああ、ちゃんとおしらせしといたぜ。だんなも、今夜は元町《もとまち》の自身番《じしんばん》につめていらっしゃるから、なにかあったら呼子《よびこ》であいずすることになってるんだ」

千次も声をひそめてこたえます。

みまわりをすませると、千次と百太郎は、仏間《ぶつま》にもどりました。

夜になって、寒さはいちだんときびしくなったようです。

「こりゃあ、雪になるかもしれませんなあ」

番頭《ばんとう》さんが、火ばちに炭をたしながら、だれともなしにいいました。

時間は、どんどんすぎていきます。張《は》り番の人間をのこして、ほかの人間は、それぞれ床《とこ》につきました。千次《せんじ》と百太郎《ひゃくたろう》、それに重蔵《しげぞう》たちは、むろん、今夜は、ねむらないで仏《ほとけ》さまを見張るつもりです。

それにしても、なにもしないで待つというのも、たいくつなものです。午前一時をすぎると、仏間《ぶつま》のとなりにつめている奉公人《ほうこうにん》たちのなかに、こっくり、こっくり、いねむりをする者もでてきはじめました。

「みんな、ひるまの仕事がきついから、むりもありません。親分、おきているのは、あたしたちだけでもよかあありませんか」

泉屋《いずみや》は顔ににあわず、奉公人おもいのようです。

遠くで、午前二時をしらせる鐘《かね》がきこえました。

「おや、もうこんな時間か。みなさん、夜食でもいただきましょうか」

米屋《こめや》の主人が、そういってたちあがったときです。店のおもてのほうが、さわがしくなってきました。千次《せんじ》も百太郎《ひゃくたろう》も、ねむけがふっとんでしまいました。

と、おもてのへやでねていた手代《てだい》のひとりが、ねまきすがたのまま、座敷《ざしき》にやってきました。

「あの、だんなさま、ただいま、火付盗賊改《ひつけとうぞくあらた》めのお役人がおいでになりました」

「火付盗賊改め?」

主人がおうむがえしにつぶやいたとき、あわただしい足音とともに、三人の武士《ぶし》が、ずかずかと座敷《ざしき》にはいってきました。

座敷でいねむりしていた奉公人《ほうこうにん》たちも、あわてておきあがります。三人の武士は、いずれもくさりはちまきにたすきがけといった、捕《と》りものじたくをしています。

なかのひとりが、つかつかと仏間《ぶつま》へはいってきました。

「泉屋《いずみや》の主人というのは、そのほうか」

「はい、てまえが、泉屋重蔵《しげぞう》でございます」

主人も、いそいで正座《せいざ》すると、ていねいに頭をさげました。

「わしは、火付盗賊改《ひつけとうぞくあらた》め堀田近江守《ほったおうみのかみ》さまの配下で与力《よりき》をつとめておる横内源三郎《よこうちげんざぶろう》である」

横内と名のる与力は、じろりとへやのなかをみまわしましたが、すぐにことばをつづけます。

「先刻《せんこく》、大川端《おおかわばた》にて、あやしい三人組の男をとらえたところ、そやつらが、いま市中をさわがす黒手組《くろてぐみ》の一味とわかった」

「あの、お役人さま。黒手組は、つかまったのでございますか」

おもわず顔をあげた重蔵《しげぞう》に、武士《ぶし》は大きくうなずいてみせます。

「さよう、三名とも、現在役宅《げんざいやくたく》にてとり調べをはじめておるとおもうが、その三名のうちのひとりが、ふところに黄金の仏像《ぶつぞう》をかくしもっておった。問いただしたるところ、一時間まえ、そのほうの家より盗《ぬす》みだしたと白状《はくじょう》したが、それにまちがいないか?」

横内という武士が、またまた意外なことを口にしたので、重蔵も千次《せんじ》も百太郎《ひゃくたろう》も、あわてて仏《ぶつ》だんをながめます。

「あのう、おそれながら、たしかに、てまえどもにも黄金の仏像はございますが……」

「そうか。身のたけ十五センチほどの阿弥陀如来像《あみだにょらいぞう》である」

「はい。ですが、てまえどもの仏像《ぶつぞう》は、あのとおり、無事《ぶじ》でございます」

主人のことばに、武士《ぶし》はじっと仏《ぶつ》だんをみつめていましたが、やにわに仏だんにちかづくと、仏像に手をのばしました。そして、へやの面めんをふりかえると、

「そのほうら、いったい、どこに目をつけておる。これが、みえぬか」

武士が、仏像の背中《せなか》をこちらにむけます。と、仏《ほとけ》さまの後光のうらに、一まいのたんざく型の紙きれがはりついていて、その紙には、

〝かねての約束どおり、仏像は、いただいてまいります。黒手組《くろてぐみ》〟

と、墨《すみ》黒ぐろと書いてあるではありませんか。

「げえっ」

主人が、おどろきの声をあげたとたん、仏像の台座《だいざ》あたりから、もくもくと黄色い煙《けむり》がわきだしてきました。

「いかん、賊《ぞく》がもうしたとおり、この仏像には、火薬がしかけてあるぞ。それ、そこの雨戸をあけよ！」

武士《ぶし》が、いり口にひかえているふたりの配下にめいじました。ふたりの武士《ぶし》もあわてて、雨戸をけたおします。

「みなのもの、ふせておれ!」

煙《けむり》をふきだす仏像《ぶつぞう》をかかえた武士は、そうさけびざま、えんがわにはしりだすと、えいとばかり、仏像をなげました。

仏像は、庭をとびこして、板べいのそばにおちます。と、ドーンという爆発音《ばくはつおん》がひびきわたりました。

へやの者が、おそるおそる顔をあげると、板べいのあたりに、白い煙《けむり》がたちのぼっていました。

「あぶないところであった。わしがくるのがおくれれば、おまえたちは、大けがをするところであったぞ」

火付盗賊改《ひつけとうぞくあらため》の役人は、ほっとしたように、へやの面めんをみまわします。

「いったい、これは……?」

あまりのことに、腰《こし》がぬけたようになった泉屋《いずみや》が、ようやく口をひらきました。

「まだ、わからぬのか。いま、なげすてたのは、火薬じこみの、にせの仏像《ぶつぞう》じゃ」

「と、いいますと、ほんものは？」

「さきほどもうしたとおり、賊《ぞく》が盗《ぬす》みだしたのよ」

「しかし、いつのまに……？」

「それは、一味を調べてみれば、わかるであろう。ともあれ、そのほうたちが無事《ぶじ》であって、なによりだ。さて、われわれは、これでかえるが、仏像は、夜が明けしだい、町役《ちょうやく》同行のうえ、役宅《やくたく》のほうに、ひきとりにまいれ。わかったな」

火付《ひつけ》盗賊改《とうぞくあらた》めは、配下の武士《ぶし》に目くばせすると、へやをでていきました。

「いったいぜんたい、なにが、どうなっちまってるのやら……」

ようやく千次《せんじ》が口をひらいたのは、武士の一行がかえったあとでした。

「ほんとに、あたしたちは、いねむりひとつせず、ここにすわっていましたからねえ。いつのまに、にせものとすりかえたんでしょう」

泉屋《いずみや》の主人も、しきりに首をかしげます。

「とうちゃん、おいら、ちょっと、調べてくる」

百太郎《ひゃくたろう》はちょうちんをかりて、庭先におりると、板べいのそばをみまわしました。

あたりは、まだ火薬のにおいがのこっていました。ちょうちんを地面にちかづけると、あちらこちらに、金色のかたまりがころがっています。手にとると、ねん土でこしらえた仏《ほとけ》さまのかけらでした。表面には金泥《きんでい》がぬられています。これが、さっきまで仏《ぶつ》だんのおくにかざられていた、にせものの仏さまなのでしょう。

それにしても……。百太郎は、夜空をみあげました。空は一めんの星でした。

いったい黒手組《くろてぐみ》は、どのような方法で、ほんものとにせものをすりかえたのか。

仏像《ぶつぞう》のかけらをひろって、百太郎《ひゃくたろう》はもういちど座敷《ざしき》にもどりました。

「泉屋《いずみや》さん、仏像はたしか、おいらたちがやってきたとき、あらためておられましたよね」

「はい、みなさんで、このへやに集まったとき、手にとってながめました。そのあとも、気になって、たしかめましたから、にせものなら、すぐ気づくはずですがねえ」

「ふしぎだなあ」

さすがの百太郎も、こんどばかりは、きつねに鼻をつままれたような気もちです。

「しかし、賊《ぞく》はつかまったし、仏《ほとけ》さまも無事《ぶじ》、火盗《かとう》のお役人がとりもどしてくださったんですから、てまえとしては、ほっとしてますよ。こういっちゃあなんだけど、盗人《ぬすっと》をつかまえるのは、お奉行《ぶぎょう》さまより、火盗のお役人のほうが、一まい上手ですねえ」

泉屋が、ちらりと千次《せんじ》をみやります。

「めんぼくねえ。あっしたちが、ついていながら……」

「いえ、いえ。親分のせいじゃありませんよ。おおかた、キリシタンの魔法《まほう》でもつかったんでしょう。さてと、それじゃあ、もう、ここにいてもしょうがない。みんな、ご苦労さま。もう、ねてもいいよ」

奉公人《ほうこうにん》たちが、ぞろぞろとひきあげていきます。

「それじゃあ、あっしたちも、これで……」

千次《せんじ》と百太郎《ひゃくたろう》も、そそくさと泉屋《いずみや》をでます。

こんどばかりは、百太郎たちの完敗でした。

「ええい、いまいましいなあ。火盗《かとう》の連中に、赤《あか》っ恥《ぱじ》をかかされたようなもんだぜ」

「だけど、どう考えても合点《がてん》がいかないよ、とうちゃん。おいらたちの目のまえで、どうやって、盗《ぬす》みだせたんだろうね」

「まったくだ。ま、そのうち、火盗につかまった連中が、小伝馬町《こでんまちょう》のお牢《ろう》に送られてくるから、そんとき、じっくりお調べがあるだろうよ。もっとも、連中が、生きて火盗の役宅《やくたく》をでられたらのはなしだがな」

千次はすっかりしょげています。

自身番《じしんばん》によると、佐竹左門《さたけさもん》は、五、六人の捕《と》り方《かた》といっしょに待っていました。

「千次、どうだ。泉屋のようすは？」

「へい、それが……」

千次《せんじ》のはなしをきくと、同心《どうしん》が歯ぎしりしてくやしがりました。

「なんだって、火盗《かとう》の連中にさきをこされたって。ちくしょう、おれっちも、一時間ごとに、泉屋《いずみや》のまわりをパトロールしていたんだぜ。くそう、火盗のやつら、どこでとっつかまえたんだ」

「なんでも大川端《おおかわばた》っていってましたが……」

「大川端っていやあ、ここだって、大川のそばじゃねえか。そんな捕《と》りものがありゃあ、おれたちだって気がつくはずだがなあ」

左門《さもん》もしきりに首をかしげますが、こればかりは、どうしようもありません。

「やれ、やれ、これでまた、町方《まちかた》役人は、やりにくくなるなあ」

同心は、大きなくしゃみといっしょに、ぐちをこぼしました。

2

事件《じけん》は、これでおわったかにみえましたが、じつは、とんでもないことになっていたのです。

家にもどった千次《せんじ》と百太郎《ひゃくたろう》は、早々にふとんにもぐりこんでねてしまいました。

目をさましたのは、おもてのしょうじをたたく音がきこえたからです。戸をあけると、泉屋重蔵《いずみやしげぞう》が、ころがるようにとびこんできました。おもては、早春の日がすっかりのぼって、そろそろ十二時ちかくになっていました。

「お、親分……。やられましたよ」

重蔵は、あがりがまちに手をつくと、ひと声さけびました。

「どうしなすったんです?」

ねまきのまえをあわせながら、千次は、まだ半分つむったままの目で、泉屋をながめます。

「どうも、こうもありません。まんまと一ぱい食わされたんですよ。仏《ほとけ》さまを、仏さまを盗《ぬす》まれたんです」

「へい、ほんとにもうしわけありません。あっしがついていながら……」

「そうじゃないんです。盗まれたのは、あのときじゃなくて……。例の火盗改《かとうあらた》めの役人てあるように、まっ赤なにせものだったんですよ」

「えっ、あの横内《よこうち》とかいう与力《よりき》が？　そりゃあまた、どういうことです」

千次《せんじ》もねむけがふっとんだようすで、泉屋《いずみや》の主人のそばにしゃがみこみました。

重蔵《しげぞう》のはなしによると、今朝、重蔵は、家主につきそってもらって、虎《とら》の門《もん》のそばにある火付盗賊改め《ひつけとうぞくあらため》堀田近江守《ほったおうみのかみ》の屋敷《やしき》をたずねました。

火付盗賊改めというのは、町奉行所《まちぶぎょうしょ》とはべつにつくられた犯罪捜査《はんざいそうさ》の組織《そしき》です。だいたいが、御先手頭《おさきてがしら》という役職《やくしょく》の旗本《はたもと》が兼任《けんにん》することが多かったようで、火付盗賊改めを略《りゃく》して、〝火盗改め《かとうあらため》〟とか、〝火盗〟とよばれていました。むろんひとりで活動するわけでなく、配下の与力、同心《どうしん》が捜査にあたるし、岡《おか》っ引《ぴ》きをつかうところも町方《まちかた》の役人とにています。ただ南北の町奉行所のような役所はなく、火盗改めに任命《にんめい》された旗本の屋敷が、そのまま役所となります。だから、役人がかわれば役所もべつの場所にかわるということです。

もうひとつ、町奉行所の役人は、罪人をとり調べるときにも、それなりの規則《きそく》をまもっておこなっていました。たとえば、容疑者《ようぎしゃ》を拷問《ごうもん》するときも、老中《ろうじゅう》の許可《きょか》を得ないとできないことになっていましたし、かりに拷問するときも、ちゃんと目付《めつ》けがたちあい、いざというときのために医者をつきそわせるなど配慮《はいりょ》したようです。

この点、火盗改《かとうあらた》めは、そんなめんどうな手続きもせず、あやしいとみると、どんどん逮《たい》捕《ほ》して屋敷《やしき》につれこみ、白状《はくじょう》をするまでせめたてました。火盗改めの拷問《ごうもん》をうければ、無実の者でも白状をするといわれるほどです。なかに、どうしても白状をしない者がいれば、せめ殺してしまったといわれます。

こんならんぼうな捜査《そうさ》をやっていましたから、町中の評判《ひょうばん》はよくありませんでしたし、奉行所《ぶぎょうしょ》の役人も、火盗改めとは犬猿《けんえん》の仲で、ことあるごとに、ライバル視《し》していました。

さて、泣《な》く子もだまるといわれた火盗改めの役宅《やくたく》に、重蔵《しげぞう》が到着《とうちゃく》したのは、午前十時すぎでした。

横内《よこうち》という与力《よりき》に面会をもとめると、やがてひとりの老武士《ろうぶし》があらわれました。

「横内源三郎《げんざぶろう》だが、わしになにか用か?」

泉屋《いずみや》は、とまどいながら老武士の顔をみあげます。昨夜家にきた横内なる与力は、四十すぎのでっぷりとしたさむらいですが、目の前の老人は、つるのようにやせていました。

「あのう、失礼ではございますが、こちらには、いまひとりの横内さまが、いらっしゃいませんか。年のころ四十前後のお方で、お体も肥《こ》えていらっしゃる……」

「いや、当役所には、横内姓《よこうちせい》は、わしひとりだ。その方、なにゆえ、わしに面会をもうしこんだのかな」

「はい、じつは……」

泉屋《いずみや》は、ゆうべの一件《けん》をはなし、金の仏像《ぶつぞう》をひきとりにきたことを打ちあけました。

「はは、黒手組《くろてぐみ》がつかまったと？　なにをねぼけたことをいっておるか。それほどの手柄《てがら》をたてれば、いまごろは祝杯《しゅくはい》をあげておるところだぞ」

老武士《ろうぶし》が、にがわらいしてこたえます。

「しかし、てまえは、たしかに、そううかがっております。ですから、このように町役《ちょうやく》をつれて仏像をひきとりにまいったしだいで……」

泉屋は、必死にもうしたてますが、老武士は、首をふるばかりです。と、そこに同僚《どうりょう》らしい武士があらわれました。

「金子《かねこ》どの。昨夜、どなたか捕《と》りものをされた方がおられるか？」

金子という武士も首をふりました。

「いや、昨夜は、猫《ねこ》の子一ぴきつかまってはおらんが、それが、なにか……？」

「なに、そこな町人が、われらが黒手組《くろてぐみ》一味をつかまえたといいはるのだ」

「黒手組をつかまえたと？　こやつ、われらを愚弄《ぐろう》しにきたのではあるまいな」

金子《かねこ》という武士《ぶし》が、ものすごい目つきでにらみます。

「と、とんでもございません。てまえは、まこと、こちらの与力《よりき》というお方から……」

「ええい、まだいうておるのか。しらぬというたら、しらぬ。とっとと、きえうせろ」

と、まあ、こんな調子で屋敷《やしき》からおいだされてしまいました。

「親分、あたしも、ようやくわかりましたよ。ゆうべ家にきた火盗改《かとうあらた》めというのが、じつは、黒手組《くろてぐみ》なんですよ」

泉屋《いずみや》が、しぼりだすような声でいいました。

「そうか、そういうしかけだったのか」

そばで一部始終《しじゅう》をきいていた百太郎《ひゃくたろう》も、おもわずうめきました。

なんとまあ、手のこんだやりかたをしたものでしょう。なるほど、あの与力《よりき》がにせものとわかれば、すべてなぞがとけます。

にせの役人は、いかにもそれらしくふるまって仏《ほとけ》さまにちかづき、すばやく紙きれを仏さまの背中《せなか》にはりつけて、百太郎たちにみせたのです。そして、これまた仏像《ぶつぞう》にしかけた煙《けむり》花火に点火して、黄色い煙をたたせます。みんなおどろいて身をふせたすきに、庭のむこうになげます。むろん、なげたのは、ふところにかくしてあったにせものです。いえ、あるいは、武士《ぶし》が仏だんにちかづいたとき、大きな体で、みんなの視線《しせん》をさえぎっておいて、すばやく火薬じかけの仏像とすりかえたのかもしれません。

ともかく、あのとき、武士のふところには、ほんものの仏像がおさまっていたはずです。

それを、みすみすとりにがすとは……。

「くそう……。そうだったのか」

一どならず二どもだまされて、さすがに人のいい千次《せんじ》も、顔色をかえておこりだしました。

「相手が、火盗《かとう》の役人だっていうもんだから、こっちも遠慮《えんりょ》していたのがまずかったなあ」

「黒手組《くろてぐみ》の連中は、そこまで読んでたのかもしれないよ。町方《まちかた》の岡《おか》っ引《ぴ》きが、火盗改《あらた》めに弱いってこともね」

それは、たしかにいえることです。奉行所《ぶぎょうしょ》の同心《どうしん》にかわいがられている岡っ引きは、火盗改めの同心《どうしん》や与力《よりき》にいじめられることが多いのです。黒手組は、そこを見こして、火盗改めにばけて、千次たちの行動をふうじたのかもしれません。

「親分、どうか、仏像《ぶつぞう》をとりもどしてください。いいえ、仏像はともかく、あの連中がつかまらないと、てまえは、死んでも死にきれません」

泉屋《いずみや》が声をふるわせると、千次もふとい腕《うで》をたたいて、宣言《せんげん》しました。

「泉屋《いずみや》さん、この千次《せんじ》、お上《かみ》からおあずかりしている十手《じって》にかけて、盗人《ぬすっと》はつかまえてごらんにいれますよ」

いつになく、きっぱりといったものです。

それにしても……。

泉屋の主人がもどっていったあとも、百太郎《ひゃくたろう》は考えこんでしまいました。

今回の手口を考えると、賊《ぞく》がかなり用意周到《よういしゅうとう》だったことがわかります。まず、仏像《ぶつぞう》の形もちゃんとみていなくては、にせものを用意することはできないでしょうし、仏像が、どこにおいてあるか、あるいは泉屋の家の間取りといったものも、あらかじめ調べた上での犯行《はんこう》ということになります。

「とうちゃん、黒手組《くろてぐみ》っていうやつは、どうして泉屋の内部をしってたのかねえ」

「そうさなあ。あんがい、奉公人《ほうこうにん》のなかに、一味の手先がまじってるってこともあるな。こいつは、調べてみたほうがいい」

千次《せんじ》もうなずきます。

「それから、佐竹《さたけ》のだんなにたのんで、これまでの黒手組《くろてぐみ》におしこまれた家の調書も、読ませてもらったら。なにか、共通するところがあるかもわかんないからね」

「わかった。だんなにたのんで、いままでの一件《けん》もあらいなおしてみるとするか。どうせ、いまの話も、報告《ほうこく》しなくちゃあならねえ。しかしよ……」

千次《せんじ》は、にんまりとわらいます。

「だんなはよろこぶかもしんねえな。火盗《かとう》の連中が黒手組をとっつかまえたってのが、うそだとわかってよ」

千次がでかけたあと、百太郎《ひゃくたろう》はへやのそうじや洗《せん》たくに精《せい》をだしました。

午後二時をすぎたころ、ひょっこり寺子屋《てらこや》の秋月《あきづき》先生が顔をみせました。

「どうしたね。おまえが手習いをやすんだんで、ようすをみにきたんだ。風邪《かぜ》でもひいたのかな」

「あ、そういえば、連絡《れんらく》するの、わすれてた。じつはね、ゆうべ、とうちゃんの手伝いで、ひと晩《ばん》じゅう、張《は》りこみをして、さっきまでねてたんです」

「へえ、このちかくで、なにか捕《と》りものでもあったのかい」

「例の黒手組《くろてぐみ》ですよ」

「ほほう、黒手組か。で、首尾《しゅび》はどうだった」

黒手組ときいて、秋月《あきづき》先生も身をのりだします。

「まんまと、にげられちゃいました」

百太郎《ひゃくたろう》は、ゆうべのてんまつを先生に報告《ほうこく》しました。先生もなんどもうなりながら、耳をかたむけます。そして、百太郎がはなしおえるのを待って、口をひらきました。

「なるほど、ききしにまさる怪盗《かいとう》だなあ」

「そうなんです。敵《てき》ながらあっぱれといいたいところだけど、感心ばかりしてられませんからね。なんとか、手がかりをみつけなくちゃあ」

「わたしにできることがあったら、いつでも手をかすよ。なあに、どんな巧妙《こうみょう》な手口をつかっても、人間のやることとさ、どこかに手がかりの糸口がある。おやじさんにも、力をおとさないでがんばるように、いってくれたまえ」

先生はそういって、もどっていきました。

夕方、千次《せんじ》がふろしきづつみをかかえて、かえってきました。

「やれやれ、紙のたばっていうやつも、けっこう重いもんだなあ」

千次《せんじ》は、この寒空に汗《あせ》をかいています。

「なに？　そのふろしきづつみ？」

「ああ、おまえが黒手組《くろてぐみ》の調書を読んでみろっていうもんだから、だんなにたのんで、奉《ぶ》行所《ぎょうしょ》の資料《しりょう》をないしょでもちだしてもらったのさ。いままでだんなの家で調べてたんだが、全部読みきれねえんで、かりてきたってわけよ」

「へえ、とうちゃん、やる気になったんだね」

「あたりまえよ。こうなりゃあ、黒手組は、ぜったいこの手でお縄《なわ》にしてやらあ」

千次が、これほど仕事に精《せい》をだすのもめずらしいことです。ゆうべの一件《けん》が、よほどくやしかったのでしょう。

千次は、家にはいると、さっそく、奉行所の調書を読みはじめました。お湯にでかけたのと、食事をとるあいだをのぞくと、ずっと火ばちのそばにすわりっぱなしで、とうとう夜の十時ちかくまでかかって、ようやく書類を読みおえました。

「どうだった？　なにかわかった？」

意気ごんでたずねる百太郎《ひゃくたろう》に、千次《せんじ》は、ほっとためいきをついたものです。

「だめだ。どれもこれも雲をつかむようなあんばいだ」

「手がかりになりそうなことは、ないの？」

「ああ、どの家も身元のしっかりした奉公人《ほうこうにん》をつかってるし、あやしい人間の出入りもねえ。こいつは、やっぱり魔法《まほう》つかいのしわざだなあ」

たたみの上に、数まいの半紙がおかれています。泉屋《いずみや》をはじめとする被害者《ひがいしゃ》の家になげこまれた予告状《よこくじょう》でした。

「とうちゃん、この資料《しりょう》、いつまでかりていていいの？」

「もう読んじまったし、役にたちそうもないから、明日の朝、もどしにいってくらあ」

「ねえ、その予告状だけでいいから、明日一日ほど、おいらにかしてくれないかな」

「ああ、いいとも。すきにしてくれや」

千次はあくびをひとつすると、ごろんと横になります。と、もう、大きないびきをかいていました。

3

泉屋《いずみや》におしいった黒手組《くろてぐみ》が、まんまと仏像《ぶつぞう》を手にいれたというニュースは、町中の評判《ひょうばん》になってしまいました。かわら版《ばん》にも印刷《いんさつ》され、両国橋《りょうごくばし》のたもとあたりで売られているそうです。

「なんだよ。おやじさんだけならともかく、おめえがついていながら、とりにがすなんて、だらしねえなあ」

寺子屋《てらこや》につくと、寅吉《とらきち》がさっそく百太郎《ひゃくたろう》にいいました。

「しかたないよ。あっちのほうが一まい上手だったんだ」

百太郎も、すなおに自分の敗北をみとめます。

「ちえっ、おめえらしくねえなあ。まさか、このまんま黒手組から手をひくつもりじゃあねえだろうな」

「あたりまえさ。このかたきは、きっととってやるよ」

とはいうものの、百太郎としても、いまのところ、これといった勝算があるわけではありません。唯一《ゆいいつ》の手がかりといえば、例の予告状《よこくじょう》ですが……。

寺子屋《てらこや》の授業《じゅぎょう》は、午後二時におわります。子どもたちがかえってしまうのをみはからって、百太郎《ひゃくたろう》は秋月《あきづき》先生に相談してみました。

「先生、じつは、みていただきたいものがあるんです」

百太郎は、ふところから半紙のたばをとりだすと、たたみの上にならべました。

「ほほう、これは、黒手組《くろてぐみ》の予告状じゃないか」

「そうなんです。いままでおしいった八軒《けん》の家になげこまれたもので、これが、泉屋《いずみや》さんですね」

「ふうん……。みんな、手形がおしてあるな」

先生は、予告状を一まい一まい手にとってながめます。

「先生、いつか、お千賀《ちか》ちゃんを誘拐《ゆうかい》した犯人《はんにん》の手紙をみていただきましたよね。この予告状の文字から、なにか手がかりはつかめませんか」

昨年の春、伊勢屋《いせや》のむすめが誘拐されたとき、秋月先生に、犯人の筆跡鑑定《ひっせきかんてい》をしてもらって成功《せいこう》したことがあるのです。

「そうだなあ。この文字は、ごくふつうの御家《おいえ》流《りゅう》だし、墨《すみ》もありきたりの品をつかっている。百太郎《ひゃくたろう》くん、ざんねんだが、この筆跡《ひっせき》からは、手がかりは得られそうもないよ」

「そうですか」

百太郎が声をおとしたとき、先生がまたことばをつづけました。

「文字のほうはみこみなさそうだが、この手形のほうは、おもしろそうじゃないか。みなさい、一まい一まい、形がすこしずつちがっているだろう。どうもひとりの人間の手形ではないらしい。それに、この五まいは右手だが、あとの三まいは左手の手形だ」

先生に指摘《してき》されて、百太郎もあらためて予告《よこく》状《じょう》に目をおとしました。たしかに三国屋《みくにや》や角屋《すみや》の予告状《よこくじょう》は右手の手形ですが、堺屋《さかいや》や泉屋《いずみや》の手形は左手です。しかもその大きさや形が、すこしずつちがっていました。

「へえ、気がつかなかったなあ。これは、なにかの手がかりになるかもしれませんね」

百太郎《ひゃくたろう》が目をかがやかせると、先生も大きくうなずきます。

「いま、ふと考えたんだがね。どうだろう、この手形を専門家《せんもんか》にみてもらったら?」

「専門家?」

「そうさ、手相をみる易者《えきしゃ》がいるだろう。そういう人物なら、この手形から、われわれしろうとにはわからないことを、みつけてくれるかもしれんよ」

「あ、なるほど……」

百太郎は、おもわずひざをたたきます。易者なら、いろんな人の手をみていますから、あるいは手形から、その人物の特徴《とくちょう》などを推理《すいり》してくれるかもしれません。

「先生、ありがとうございます」

お礼もそこそこに、百太郎は寺子屋《てらこや》をとびだしました。そして、やってきたのは両国橋《りょうごくばし》のたもとです。

隅田川《すみだがわ》にかかる両国橋《りょうごくばし》のたもとには防火《ぼうか》のための広場がもうけられていて、ひるまは見《み》世物《せもの》小屋や露天《ろてん》商人が軒《のき》をつらねていました。

百太郎《ひゃくたろう》は、とあるよしずがこいの店にとびこみました。かべに大きな人間のてのひらを描《か》いた紙がぶらさがり、そのよこに、

「手相、人相、吉凶占《きっきょううらな》い、
天明堂幽斉《てんめいどうゆうさい》」

というかんばんが、かけてあります。そして、机《つくえ》のおくに、天神《てんじん》ひげをはやした老人が、こっくり、こっくり、いねむりをしていました。

「おじさん、天明堂のおじさん」

百太郎の声に、老人がよだれをぬぐいながら目をあけます。

「おや、これはめずらしい。亀沢町《かめざわちょう》のちびっ子御用聞《ごようき》きじゃな。失《う》せ物《もの》、縁談《えんだん》、なんでも占《うらの》うてしんぜるぞ」

「そんなんじゃないんだよ。じつは、おじさんに、これをみてほしいんだ」

百太郎は、ふところから黒手組《くろてぐみ》の手形をとりだします。

「お、これは、いま評判《ひょうばん》の盗人《ぬすっと》の手紙ではないか。ふん、ふん、たくさんあるなあ」

易者《えきしゃ》が興味《きょうみ》ぶかげにのぞきこみました。

「ねえ、おじさん。おじさんは、人間の手相もみるんだろう。この手形をみて、なにか気がついたことがあったら、おしえてくれないかなあ」

「ううん、わしも長いあいだ手相をみておるが、墨《すみ》でうつした手形で占《うらな》うのは、はじめてじゃ。さあて、うまくいけばいいが……」

天明堂《てんめいどう》は、机《つくえ》の上の大きな天眼鏡《てんがんきょう》をとりあげると、手形を一まい一まい観察をはじめました。

「さよう、まず、この手形の主は、あまり長生きはできんな。生命線がみだれておる。せいぜい四十すぎまでの寿命《じゅみょう》じゃろう。しかし、知能線《ちのうせん》は発達しておる。つまり、なかなかの智恵者《ちえしゃ》ではある。結婚《けっこん》運は……と」

「あのね、おじさん。そんなことは、どうでもいいんだよ。その人物の特徴《とくちょう》、つまり犯人《はんにん》をつかまえる手がかりがほしいんだけどな」

百太郎《ひゃくたろう》が、みかねて注文をだすと、老人はぽんと頭をたたきます。

「ほい、そうじゃった。つい、商売気をだしてしもうた。さよう、特徴《とくちょう》といえば……」

天明堂《てんめいどう》が顔をあげます。

「この人物は、男だな。年は三十すぎ。体はいくぶんやせた、すらりとした男だ。職業《しょくぎょう》は、あまり力をつかわぬ手仕事だろう。しかも水をよくつかう商売だな」

「へえ、そんなことまでわかるの？」

百太郎《ひゃくたろう》は、ちょっとびっくりしました。

「人間のてのひらというのは、その人物の生まれ育ちをことごとくあらわす、鏡のようなものじゃ。毎日、なん十、なん百と、手相をみておれば、手をみただけで、その人間の体つきや職業もわかる。この手形の指の先をごらん。指紋《しもん》がうつっていないだろう。

これは、ねんじゅう、水とかお湯をつかう仕事をしているため、指紋《しもん》がうすくなってしまったのじゃな。しかも指のふとさは、細くてしなやかだから、力仕事をしておる人間じゃあない。また、こっちの指のようにごつごつしているのは、人足《にんそく》かなにかの手形だ」

天明堂《てんめいどう》は、いちいち手形をみて、説明をしていきます。

「ああ、それから、これとこれは、おなじ人間の手形だよ。左右が一対になっている。うん、八まいのうち、この三組はおなじ人間で、あとの二まいは、右手だけだな」

「すると、手形の主は、五人というわけ？」

「さよう。五人のうち、三人は、左右の両手をうつしておって、あとのふたりは右手だけだ」

「ちょっと、待ってよ。これがいちばん最初の三国屋《みくにや》で、これが、つぎの角屋《すみや》、そいから紅屋《べにや》さん……。わかった。まず、五人が右手の手形をうつして、そのあと、順番に左手をうつしているんだ。ていうことは、黒手組《くろてぐみ》っていうのは、五人組かもしれないなあ。五人が、順番に手形をつかっているんだ。はじめは右手をおしていたんだけど、六まいめから左手にかえた……」

「百《ひゃく》ちゃん、よいことに気がついた。うん、そうなれば、五人の特徴《とくちょう》がわかればよいわけじゃな。まて、まて、最初からじっくりみてみよう」

易者《えきしゃ》は、いよいよ興味《きょうみ》をそそられたらしくて、いまいちど、手形に目をちかづけます。

「ほほう、この男は、武士《ぶし》とみたが、ちがうかな。それにちがいない。右手の指に竹刀《しない》だこができておる。ううん、かなり剣術《けんじゅつ》の修業《しゅぎょう》をしているとみえるな」

天明堂《てんめいどう》は、つぎの予告状《よこくじょう》に目をうつします。

「ほほう、これは女の手形だな。年のころは二十から二十五というところだろう。三味線《しゃみせん》をいつもひいておるらしい。右手にバチだこができているし、左手の指先がささくれておる。これは弦《げん》をいつもおさえておるからだろう」

「いろんなことがわかるんだねえ」

百太郎《ひゃくたろう》は、易者の意見を、捕《と》りもののノートにメモしていきました。

やがて、易者は八まいの手形から、五人の人物のすがたをすべて推理《すいり》しおわりました。

整理してみると、つぎのようになります。
○三十すぎの男性《だんせい》。やせぎすの体で水をつかう仕事をしている。

○五十歳《さい》前後の男性《だんせい》。がんじょうな体つきをして、力もち。人足《にんそく》のような職業《しょくぎょう》。
○四十歳前後の肥《こ》えた男性。剣術《けんじゅつ》の修業《しゅぎょう》をつんだ武士《ぶし》。
○二十歳すぎの女性《じょせい》。三味線《しゃみせん》をひく職業らしい。
○二十歳まえの男性。体はやせている。結核《けっかく》か、あるいはそれにちかい病気をもっているようす。職業は不明。
これが、天明堂《てんめいどう》のみたてです。

百太郎《ひゃくたろう》は、あらためてノートと予告状《よこくじょう》をながめてみました。泉屋《いずみや》にあらわれた火盗改《かとうあらた》めの与力《よりき》は、たぶんこの武士でしょう。ふたりの家来は、五十男と、二十歳まえの青年だったような気がします。

「おじさん、ありがとう。これだけわかれば、ずいぶんたすかるよ」

百太郎がお礼をいうと、老人もにこにこしながら、

「いや、いや、わしも、おもしろいものをみせてもらった。なにかの役にたてば、わしもうれしいよ。そこでな、もし、これで黒手組《くろてぐみ》の一味がつかまったときは、この天明堂のことも、大いに宣伝《せんでん》してもらうとありがたいんじゃがな」

郵 便 は が き

おそれいりますが
切手を
お貼りください

160-8565

東京都新宿区大京町22-1
株式会社ポプラ社
「ポプラポケット文庫・カラフル文庫」
編集部行

お買い上げありがとうございます。この本についてのご感想をおよせください。
また、弊社に対するご意見、ご希望などもお待ちしております。

お名前		男・女	歳
ご住所	〒 都道府県		
お電話番号			
E-mail			
ご職業	1.小学1年生 2.小2 3.小3 4.小4 5.小5 6.小6 7.中学1年生 8.中2 9.中3 10.高校1年生 11.高2 12.高3 13.短大・専門学校 14.大学生・大学院生 15.予備校生・浪人生 16.フリーター 17.会社員 18.主婦 19.その他		

※アンケートはがきにご記入いただきました個人情報は、ご本人の同意なく無断で収集・利用または第三者に提供することはありません。またこのはがきは、受領後6ヶ月で破棄いたします。

書名	

■この本を何でお知りになりましたか？

1.新聞・雑誌広告（新聞・雑誌名　　　　　　　　　　）
2.書評・新刊紹介（新聞・雑誌名　　　　　　　　　　）
3.書店の店頭で　4.友人・知人のすすめ　5.弊社のホームページ
6.その他（　　　　　　　　　　）

■この本をどちらでお買い求めになりましたか？

都道府県　市区町村　書店名
（　　　　）（　　　　）（　　　　）

■この本をお選びになったのはどなたですか？

1.ご本人　2.お母さん　3.お父さん　4.その他.（　　　　）

■この本で特に良かったと感じたところは？

1.読みやすい　2.見た感じが良い　3.タイトルがおもしろそう　4.作者のファン
5.先生や友だちにすすめられて　6.書店ですすめられて
7.その他（　　　　　　　　　　）

・カバーについて（とても良い・良い・ふつう・悪い・とても悪い）
・イラストについて（とても良い・良い・ふつう・悪い・とても悪い）
・内容について（とても良い・良い・ふつう・悪い・とても悪い）

■そのほか、この本に対するご意見

■その他ポケット文庫・カラフル文庫で読んだ作品はありますか？

タイトル〔　　　　〕〔　　　　〕　冊数〔　　〕冊

■今後どのような作家の作品を読みたいですか？

ご記入いただき、ありがとうございます。今後の出版の参考にさせていただきます。

「うん、わかった。そのときは、みんなにはなすことにするよ」

百太郎《ひゃくたろう》は、こっくりうなずくと、易者《えきしゃ》の小屋をあとにしました。

黒手組《くろてぐみ》が五人組だとわかっただけでも、たいした収穫《しゅうかく》です。

なるほど、あるいは黒手組という名前は、五本の指という意味もふくまれているのかもしれません。

お江戸《えど》の空は、きょうもよく晴れています。

まだ正月気分のぬけていない子があげているのでしょう。奴《やっこ》だこがひと張《は》り、大川《おおかわ》の上にあがっていました。

4

百太郎が、亀沢町《かめざわちょう》の長屋《ながや》にもどると、木戸《きど》のところに、ふたりの女の子がたっていて、黒い大きな犬とあそんでいました。この黒犬は、長屋にすみついている野良犬《のらいぬ》ですが、ふだんはごくおとなしい犬で、百太郎たち近所の子どものよいあそび相手です。

女の子のひとりが、百太郎をみると、かん高い声をあげて手をふります。伊勢屋《いせや》のお千《ち》賀《か》ちゃんでした。

「百太郎《ひゃくたろう》さん、どこをほっつき歩いてたのよ。手習いは、とっくのむかしにおわったんでしょ」

「うん、ちょっと両国《りょうごく》までいってたからね」

「のんきなものねえ。また、黒手組《くろてぐみ》の予告状《よこくじょう》がまいこんだっていうのに」

「えっ?」

百太郎も、おもわず声が高くなりました。

「あのね、この子、お芳《よし》ちゃんていうの。あたいの友だち」

お千賀《ちか》のつれていた女の子が、いくぶんはずかしそうにおじぎをしました。年は、お千賀ちゃんより年長のようです。ほっそりした体をした、おとなしそうな子でした。

「お芳ちゃんの家に、けさがた黒手組の予告状がまいこんだんだって」

「それは、ほんとかい」

「はい、ほんとうです。ちゃんと、黒い手形がおしてあったのを、あたしもみました」

お芳という女の子が、真剣《しんけん》な顔でうなずきました。

「とにかく、くわしい話をきかせてください」

百太郎《ひゃくたろう》はそういって、ふたりを家のなかにいれました。

百太郎がお芳《よし》のはなしをきいているあいだ、お千賀《ちか》は、かいがいしく火をおこして、お湯をわかしはじめます。

お芳の家は、深川《ふかがわ》の富岡八幡宮《とみおかはちまんぐう》の参道ぞいにある永代寺門前仲町《えいたいじもんぜんなかちょう》のお茶屋、福寿《ふくじゅ》です。

お茶屋というのは、べつにお茶を売っているのではなくて、料理屋と旅館をいっしょにしたような、男性《だんせい》のあそび場所でした。

江戸《えど》には、こうした男性のあそび場所があちこちにありました。まず有名なのが、吉原《よしわら》です。そのほか品川《しながわ》や新宿《しんじゅく》といった宿場町《しゅくばまち》にもありましたし、深川《ふかがわ》の富岡八幡宮参道ぞいの門前町《もんぜんまち》にも、お茶屋や料亭《りょうてい》が軒《のき》をつらね、たいそうなにぎわいだったそうです。深川の名物は辰巳芸者《たつみげいしゃ》とよばれる芸妓《げいぎ》たちで、いつも羽織《はおり》をきているところから、羽織芸者ともいわれ、江戸の男たちの人気の的《まと》でした。

福寿は、深川のお茶屋のなかでも、かなり大きな店でしたから、百太郎も名前くらいはしっていましたが、黒手組《くろてぐみ》が泉屋《いずみや》をおそって、まだ五日もたたないうちに、もうつぎなる予告状《よこくじょう》を送りつけたことには、内心舌《した》をまいたものです。

「で、黒手組《くろてぐみ》の予告状にかいてあった文面は、おぼえていますか」

百太郎《ひゃくたろう》の質問《しつもん》に、お芳《よし》は、こっくりうなずきました。

「はい、初天神《はつてんじん》の夜、貴家《きか》が秘蔵《ひぞう》の〝寒月《かんげつ》〟をいただきにまいります。こればっかりは、うそととりかえられませせぬ。黒手組――です」

「カンゲツ……？　それは、なんです」

「ええ、あたしも、あんまりよくしらないんですけど、なんでもすごく貴重《きちょう》な香木《こうぼく》なんだそうで、父が命のつぎにたいせつな品だって……」

「香木っていうと、香炉《こうろ》にくべる、かおりのいい木のことですね」

「はい。うちの父は、まえから道楽で、香道《こうどう》にこっているんです」

「コウドウ……？」

「はい。香《こう》をたいて、そのかおりをたのしんだり、かおりをきそったりするんです」

「へえ」

さすがの百太郎も、世のなかにそんな道楽があるとはしりませんでした。

「で、その寒月《かんげつ》とかいう香木《こうぼく》っていうのは、ぜんたい、どんな形をしてるんです。一本の樹なんですか」

「いいえ、これくらいの古い木ぎれです」

お芳《よし》が、指を十センチほどひらいてみせました。

「そうですか。でも、きっと高価《こうか》なものなんでしょうねえ。それで、おとうさん、その予《よ》告状《こくじょう》をみて、どうされました？」

「はい、じつは、そのことで相談にきたんです」

お芳がいくぶん顔をくもらせます。

「父も、予告状をみたときは、ずいぶんびっくりしたようですけど、そのうち、店の者にも、家族の者にも、このことは、けっしてだれにもしゃべっちゃあいけないって、口どめをしたんです。とくに、お役人にはしゃべらないようにって……」

「お役人に……？　じゃあ、おとうさんは、こんどの一件《けん》をどうするつもりなんだろう」

「はい。あたしも心配になって、それとなくきいてみたら、香木は自分でまもるから心配ないって。お役人はあてにならないから、初天神《はつてんじん》の晩《ばん》は、知りあいのやくざにたのんで、用心棒《ようじんぼう》をやとうんだって、いうんです」

「そうですか。でも、おじょうさんは、おいらに相談にこられた」

「はい、父はあんなことをいってますけど、やくざの用心棒なんかにまかせるのは、あたしは反対なんです。こちらの親分さんのことは、お千賀《ちか》ちゃんからきかされていたし……。百太郎《ひゃくたろう》さん、うちの父を説得して、どうか、香木《こうぼく》をまもってやってくれませんか」

お芳《よし》が、ぴたりと両手をついて、頭をさげました。と、ちょうどお茶の用意をしたお千賀も、へやにあがってきて、

「ねえ百ちゃん、お芳さんのたのみ、きいてあげなさいよ。あたいからもおねがいするわ」

しきりに口ぞえします。

「そうだねえ、相手が黒手組《くろてぐみ》となると、おいらだって、だまって見のがしたかあないけど……。とにかく、おとっつあんがもどってきたら、はなしてみよう」

目下のところ、百太郎としては、それだけしかいえません。

やがて、お芳とお千賀ちゃんはもどっていきました。

夕方、いつものようにパトロールからもどってきた千次《せんじ》に、百太郎は、さっそく福寿《ふくじゅ》の

一件《けん》をはなしました。

「なに、初天神《はつてんじん》といやあ、一月二十五日か。しかし、こいつはよわったぞ」

千次《せんじ》が、きゅうに頭をかかえこみます。

「どうしたの？　なにか都合がわるいのかい」

「場所がわりいやな。門前仲町《もんぜんなかちょう》といやあ、永代寺《えいたいじ》の寺領《じりょう》だぜ。おれっち町方《まちかた》が首をつっこめねえ町だ」

「あっ、そうか」

百太郎《ひゃくたろう》もうっかりしていました。富岡八幡宮《とみおかはちまんぐう》の参道ぞいは、八幡宮とおなじ敷地内《しきちない》にある永代寺という寺の所有地です。神社や寺の所有地内は、町奉行《まちぶぎょう》とはべつに、寺社奉行《じしゃ》という役所の管轄《かんかつ》で、町奉行所《まちぶぎょうしょ》の与力《よりき》、同心《どうしん》はもとより、配下の岡《おか》っ引《ぴ》きが事件《じけん》の捜査《そうさ》をしてはならないことになっているのです。

「百よ、ざんねんだが、この一件《けん》、おれっちのでる幕《まく》はねえと、あきらめな」

千次はそういうと、ためいきをつきました。

百太郎も、父親のいうことはわかります。とはいえ、このまま黒手組《くろてぐみ》がのさばるのを、だまって指をくわえているのは、なんとしてもざんねんです。だいいち、お芳《よし》さんに、なんと返事をしたらいいのでしょう。

「とうちゃん、そんなこといわないで、なんとか力になってやんなよ」

「そりゃあ、おれだって、このままだまってるのはくやしいぜ。だがなあ、もし、おれが、福寿《ふくじゅ》にでかけて、あれこれ探索《たんさく》をしてることが、寺社方《じしゃかた》の役人にしれてみな。佐竹《さたけ》のだんなにめいわくがかかるんだぜ。ここは、しんぼうしようじゃねえか」

百太郎《ひゃくたろう》はだまってうつむきます。父親はともかく、同心《どうしん》の佐竹さまにめいわくがかかるとなると、ここは千次《せんじ》のいうとおり、福寿の一件《けん》とかかわらないほうがよいかもしれません。しかし……。

ふと、百太郎は顔をあげました。

「ねえ、とうちゃん。そりゃ、とうちゃんは佐竹のだんなから鑑札《かんさつ》をいただいているけど、おいらは、べつに岡《おか》っ引《ぴ》きでもなんでもないよねえ」

「おまえ……？　うん、おまえはまだ御用聞《ごようき》きじゃあねえさ」

「なら、おいらが、あれこれあるきまわるぶんには、問題ないわけだ」

「そりゃあ、まあ……」

「ようし、とうちゃん。こんどの一件《けん》、この百太郎《ひゃくたろう》がひきうけることにしたよ」

「おい、おい。おめえ、ひきうけるっていっても……」

「だいじょうぶ。大仏《だいぶつ》の千次《せんじ》のむすこだもの。かならず黒手組《くろてぐみ》をつかまえてやるさ」

百太郎は、ぽんと、小さな胸《むね》をたたいてみせたものでした。

第三話　名香寒月《めいこうかんげつ》のなぞ

1

富岡八幡宮《とみおかはちまんぐう》は、隅田川《すみだがわ》の河口《かこう》ちかく、永代橋《えいたいばし》の東にある大きな神社です。一年に一どおこなわれる秋の大祭《たいさい》には、江戸《えど》じゅうから見物人がおしかけ、そのため永代橋がおちて、多数の死傷者《ししょうしゃ》がでたこともありました。

この八幡宮は、永代寺《えいたいじ》というこれまた大きな寺の境内《けいだい》にありました。この寺は境内の広さだけでなく、周辺の寺領《じりょう》の広さもたいしたもので、永代橋の東、六万五百坪《つぼ》、約二十万平方メートルの土地がすべて永代寺の所有地でした。もちろん、この土地は、門前町《もんぜんまち》とし

て町人にかしていたわけです。

お芳《よし》の父親が経営《けいえい》するお茶屋、福寿《ふくじゅ》も、永代寺《えいたいじ》の門前町《もんぜんまち》のひとつ、門前仲町《もんぜんなかちょう》にありました。

このあたりは、お茶屋や料亭《りょうてい》、それに船宿といったあそび場が多く、さきにはなした辰《たつ》巳芸者《みげいしゃ》が活躍《かつやく》する場所でもありました。ちなみに、辰巳というのは、東南の方角のことで、当地が江戸《えど》城《じょう》の東南にあたるところから、深川《ふかがわ》の歓楽街《かんらくがい》を〝辰巳〟とよんでいたのです。同様に、吉原《よしわら》のことは北にあるので〝北国《ほっこく》〟というニックネームがついていました。

百太郎《ひゃくたろう》が、福寿の店先をたずねたのは、お芳から相談をうけた翌日《よくじつ》、つまり一月十一日の午後です。

往来《おうらい》も、まだそれほど人通りは多くありません。百太郎は、店の前をそうじしていた若《わか》い男に声をかけました。

「ごめんください。本所亀沢町《ほんじょかめざわちょう》からまいりました百太郎というもんですが、ご主人にお目にかかりたいんですけど」

「へい、百太郎さんですね」

若《わか》い男は、相手が小さな子どもなので、いくぶんふしぎそうな顔をしていましたが、それでもおくにひっこみました。が、やがて、ひとりの男をつれてもどってきました。

「てまえが勘次郎《かんじろう》ですが、なにか、ご用で？」

色の白い、やせた男です。年は四十五、六といったところでしょう。

「じつは、昨日おじょうさんからお話をうかがってまいったんですが……」

百太郎《ひゃくたろう》は、そこで一だんと声を低くすると、口ばやにしゃべりました。

「黒手組《くろてぐみ》の予告状《よこくじょう》がきたそうですね」

福寿《ふくじゅ》の主人は、一瞬《いっしゅん》目をほそめて百太郎をみつめました。が、すぐに、にっこりとわらいました。

「ぼっちゃん、それは、なにかのまちがいじゃあございませんか。てまえどもに、そのような物騒《ぶっそう》なものは、まいこんではいませんよ」

「かくしておられるのは、よく承知《しょうち》しています。でも、おじょうさんも心配なさってますし……」

百太郎のことばを、勘次郎は手で制《せい》しながら、いくぶんとがった口調《くちょう》でいいかえしてきました。

「お芳《よし》が、なんといったかしらないが、こなかったものはこなかったんですよ。あんまり、おかしなことをいわれちゃあ、商売にかかわりますからね。それに、このあたりは、お寺《じ》社《しゃ》の領内《りょうない》ですよ。町方《まちかた》の人間が首をつっこむのは、筋《すじ》ちがいじゃあありませんか」

勘次郎《かんじろう》も百太郎《ひゃくたろう》のことは、むすめからきいているようです。しかし、そのうえで、百太郎にはとぼけてしまう肚《はら》なのでしょう。

「そうですか。じゃあ、きょうのところは、これで失礼します。でも、もし、おいらにできることがあったら、いってくださいね。おいらは、まだ十手《じって》もちじゃあありませんから、お寺社の領内も関係ないんですから……」

百太郎は、そういって、ぺこりと頭をさげました。きょうのところは、これでひきあげたほうがよさそうです。

おもてにでた百太郎は、福寿《ふくじゅ》のまわりをひとめぐりしてみることにしました。なるほど、大きな店です。二階はすべてお座敷《ざしき》になっているのでしょう。板べいのまわりをぐるりとまわると、裏手《うらて》は、がらりとかわって、低い長屋《ながや》がならんでいました。道ばたには、貝のからがうず高くつみあげられています。永代寺《えいたいじ》の門前町《もんぜんまち》の南は蛤町《はまぐりちょう》という漁師町《りょうし》です。そういえば、海がちかいせいでしょう、磯《いそ》のにおいがしてきます。

ふたたび福寿《ふくじゅ》のおもてにでたとき、百太郎《ひゃくたろう》は、ふと、足をとめました。ちょうど福寿ののれんをわけて、ひとりの男が往来《おうらい》にでてきたところです。左手にびんだらいをかかえています。

のれんをわけたときに、ちらりとみえた左のほほに、かすかなきずあとがありました。

男は、そのまま八幡宮《はちまんぐう》の参道を一《いち》の鳥居《とりい》のほうにあるいていきます。お正月に、旗本《はたもと》のけんかだこをやっつけてくれた廻髪結《まわりかみゆい》にちがいありません。そして、つい四、五日まえ、泉屋《いずみや》で奉公人《ほうこうにん》の髪《かみ》を結《ゆ》っていたのも、あの男です。名前は新三《しんざ》といったはずです。

百太郎は、店のおもてをはいている、さっきの若《わか》い男にきいてみました。

「ねえ、いま店をでていった髪結さんだけど、あの人、いつもこの店にくるんですか」

「徳《とく》さんですかい？　そう、一ヵ月ほどまえからね。店の者の髪を結いにきてもらってますよ。なんせ、ここは客商売だから、三、四日に一どは、まわってもらってるんでさあ」

「あの、徳さんて……？　新三さんじゃないんですか」

若《わか》い男は、首をふりました。

「いいえ、徳三郎《とくさぶろう》さんですよ。いい油をつかうんで、もとの髪結《かみゆい》より評判《ひょうばん》がいいねえ」

百太郎《ひゃくたろう》は、おもわず首をかしげます。たしかにいまのは、泉屋《いずみや》にもやってくる新三《しんざ》という髪結です。どうしておなじ人物で、名前がちがうのでしょう。

百太郎はもういちど、さっていく男をふりかえりました。と、ついいましがた、一《いち》の鳥居《とりい》のほうにあるいていた男のすがたがありません。百太郎が若い衆《しゅう》と会話している、ほんの数秒《びょう》のうちに、髪結のすがたはきえていました。

百太郎は、あわてて男のさっていった道をおいかけました。両側の店や路地も、それとなくのぞいてみました。しかし、髪結《かみゆい》の男は、もう、どこにもみあたりませんでした。

「へえ、福寿《ふくじゅ》の主人は、すっとぼけてみせたのかい」

百太郎《ひゃくたろう》の報告《ほうこく》をきくと、千次《せんじ》は、ふんと鼻をならしました。

「でも、まだ初天神《はつてんじん》の日までは、間があるからね。なんとか説得してみるさ。それよりとうちゃん、おいら、もうひとつ気になることがあるんだ」

百太郎は、髪結の男のことをきりだしました。

「泉屋《いずみや》さんは、たしかに新三《しんざ》っていったよね。それなのに福寿では、徳三郎《とくさぶろう》って名のってるんだよ。もっと気になるのは、泉屋も福寿も、黒手組《くろてぐみ》にねらわれてるだろ」

「なるほど、いわれてみれば、こいつは妙《みょう》だぜ。髪結が、わざわざ名をかえることもねえしなあ」

「とうちゃん、念のため、いままで黒手組がしのびこんだ店をあらいなおしてみたら？出入りの髪結の特徴《とくちょう》をきくんだよ。左のほほにきずがなかったかどうか」

「わかった。明日いちばんにきいてまわってみよう。こいつは、ひょっとすると、大手柄《おおてがら》かもしれねえな。もし、そいつが賊《ぞく》の一味ならよ、いままでねらわれた家の内情《ないじょう》が、どうして賊の耳にはいったか、これで解決《かいけつ》がつくもんなあ」

「そうだね。髪結《かみゆい》なら、一日がかりでその家の奉公人《ほうこうにん》の髪を結《ゆ》うんだもの、家のことも、なんでもききだせるもんね」

百太郎《ひゃくたろう》もわくわくしてきました。どうやら、暗やみのなかに、ひとつの光がみえてきたといった感じです。

「ああ、それにしても、福寿《ふくじゅ》のだんなが、もうすこし協力的だったらなあ。せめて、ねらわれている香木《こうぼく》っていうのが、どんなものかみせてくれると、ありがたいんだけど……」

「ええと、なんてったっけ？　カン、カンなんとかっていったな」

「うん、〝寒月《かんげつ》〟っていうんだってさ」

「こちとら、香《こう》なんて風流なものには、とんと縁《えん》がないからな。それこそ、寺子屋《てらこや》の秋月《あきづき》先生にでも、きいてみねえな」

「そうだね、明日きいてみよう」

百太郎も、なにげなしにいったのですが、じつは、これがおもわぬ事実を発見する糸口となったのです。

翌朝《よくあさ》、寺子屋《てらこや》にでかけた百太郎《ひゃくたろう》は、さっそく先生に質問《しつもん》してみました。

「先生は香木《こうぼく》についてくわしくないですか？」

「コウボク――？　香の木と書く、あの香木かね」

「ええ、そうです」

「はは、それはどうかなあ。伽羅《きゃら》あたりならしっていないこともないが、いったい、どんなことがしりたいのかな」

「ええ、じつは、黒手組《くろてぐみ》が〝寒月《かんげつ》〟という香木をねらっているんですけど、どんなものか、実物をみたことがないので……」

「なに、寒月！」

先生の顔色がきゅうにかわったので、百太郎のほうがびっくりしてしまいました。

「百太郎くん、寒月といったね。それは、まこと、寒月という名の香木なんだね。それがいま江戸《えど》にあるのか」

先生は興奮《こうふん》したようすで、百太郎につめよります。

「え、ええ。ほんとです。深川《ふかがわ》の福寿《ふくじゅ》っていうお茶屋の主人がもってるんです。先生は、その寒月《かんげつ》という香木《こうぼく》をご存知《ぞんじ》なんですか？」

「もちろんしっている。いや、わたし自身、みたわけじゃない。ただ、その寒月という銘《めい》の香木は、わが家にはたいへん因縁《いんねん》のある品物なんだよ」

先生は、そこでふと、我《われ》にかえったように教室をみまわすと、

「みんな、しばらくのあいだ自習していなさい」

そういって、百太郎《ひゃくたろう》に、こっちにくるよう目であいずすると、押入《おしい》れをひらいて、古びた書きつけをさがしだし、百太郎の目の前におきました。ぶあつい書きつけの表紙には、

「寒月探索日誌《たんさくにっし》　秋月竜之進《あきづきりゅうのしん》」

としるされていました。

2

「これは、わたしの祖父《そふ》が書きのこしたものだ。わたしの祖父はね、一生涯《いっしょうがい》、その寒月という香木をさがしつづけたのだよ」

百太郎《ひゃくたろう》はおもわず、先生の顔と目の前の日誌《にっし》をみくらべます。

「先生、どうして、先生のおじいさんは寒月《かんげつ》をさがしておられたんです?」

「うん、そのまえに、わたしの家について、すこし説明しておこう。わたしの家は代々、東国の池上越中守《いけがみえっちゅうのかみ》という殿《との》さまにつかえていたのだが、祖父《そふ》の代に池上藩《はん》がおとりつぶしにあって、それ以来浪人《ろうにん》をしているのさ。ところで、なぜ池上藩がとりつぶしにあったかというと、その寒月という香木《こうぼく》のため、なんだねえ」

これはまた意外な事実です。先生はことばをつづけました。

「いまからちょうど六十年ほどまえ、ときの将軍家《しょうぐんけ》が京の天子《てんし》さまにねがって、天子さま秘蔵《ひぞう》の香木の一片《ぺん》をきりとって、江戸《えど》にはこぶことになったのだ。その香木というのは、伽羅《きゃら》の古木で、蘭奢待《らんじゃたい》や紅沈《こうぢん》とならぶ名香《めいこう》中の名香で、その名を寒月といった。親木は現《げん》在《ざい》でも奈良《なら》の正倉院《しょうそういん》におさめられているが、そのときとったのは、たて十センチ、よこ五センチほどだったそうだ。そして、このきりとった寒月を江戸の将軍家まではこぶ役目をおおせつかったのが、池上越中守つまり、わたしの家がつかえていた殿さまなんだよ。なにしろ天子さまの宝物《ほうもつ》を将軍家にとどける大役だ。池上藩では殿さまが直接指揮《ちょくせつしき》をとって江戸《えど》まではこんだそうだよ。ところが……」

秋月《あきづき》先生は、そこで、こくりとつばをのみこみました。

「道中でたいへんな事件《じけん》がおこった。家来のなかに不心得者《ふこころえもの》がいて、あろうことか、寒月《かんげつ》を盗《ぬす》んで、そのまま行方《ゆくえ》をくらましてしまったのだ」

「じゃあ、寒月は……」

「もちろん殿《との》さまは必死で宝物《ほうもつ》の行方をさがしたが、ついにわからずじまいだった。このため責任《せきにん》をとって、殿さまは切腹《せっぷく》、お家はとりつぶしにあってしまった。わたしの祖父《そふ》も、行列にくわわっていたから責任《せきにん》を感じたのだろう。浪人《ろうにん》するやいなや、寒月をさがして全国をあるきまわり、晩年《ばんねん》は江戸にでて寺子屋《てらこや》をいとなむかたわら、死ぬまで寒月の行方をおっていたのだがね」

「へえ、すると福寿《ふくじゅ》の主人の先祖《せんぞ》っていうのが、そのどろぼうだったんでしょうか」

「さあ、どうだろう。盗《ぬす》んだ人物は、どうせ金めあてだったんだろうから、おそらく、すぐに手ばなしたのじゃないかな。なにしろ六十年まえのことだからな。いろんな人物の手にわたって、たまたま、そのお茶屋の主人のものになったとみるのがふつうじゃないかねえ」

「それにしても、寒月《かんげつ》という香木《こうぼく》が、先生とふかい関係があったなんて……」

「なに、わたし自身は、べつに寒月の行方《ゆくえ》をおっているわけじゃない。しかし、そんな目と鼻の先にあったとは……。祖父《そふ》がきいたら、くやしがるだろうな」

先生は、苦笑してたちあがりました。

「さあ、勉強をはじめようか。そう、そう。さっきのはなしでは、黒手組《くろてぐみ》が寒月をねらっているといったね。そうすると、百太郎《ひゃくたろう》くんは、福寿《ふくじゅ》の主人に依頼《いらい》されて、寒月をまもるのかい」

「いいえ、それが、ちょっとやっかいなことになっているんです」

たちあがりかけた先生が、またすわりなおしたので、百太郎は福寿の一件《けん》をはなしました。

「ふうん。すると勘次郎《かんじろう》という男は役人の手をかりずに、やくざの用心棒《ようじんぼう》をつかって寒月をまもろうというのか。しかし、それも妙な話だな。黒手組のうわさは、主人もきいているだろうに。いや、待てよ。その男、もしかすると、寒月にまつわる話をしっているのかもしれんな。なにしろ寒月《かんげつ》は将軍家《しょうぐんけ》におさめられるべき品物だ。そんな品物を所有していることが世間にわかれば、勘次郎《かんじろう》自身、どんなおとがめをうけるかもしれない。だから、黒手組《くろてぐみ》の予告状《よこくじょう》を他人にみせたくないいんじゃないのかな」

秋月《あきづき》先生は、すこしのあいだ考えていましたが、やがて百太郎《ひゃくたろう》にむかって、にっこりわらいかけました。

「よろしい。こんど福寿《ふくじゅ》にいくときは、わたしもいっしょにいってみよう。祖父《そふ》が一生をかけてさがした品物だ。孫《まご》のわたしが、ひと目みせてもらってもよいだろう」

糸口というのは、ひとつみつかると、つぎつぎとでてくるものらしく、その日百太郎が寺子屋《てらこや》でお習字をしているさいちゅう、おもてから千次《せんじ》がとびこんできました。

「先生、勉強中まことにもうしわけありませんが、ちょいと百とはなしてもかまいませんか」

千次《せんじ》の顔は、えびすさまと大黒《だいこく》さまをいっしょくたにしたような大ニコニコです。

「なんだよ、とうちゃん。いま授業中《じゅぎょうちゅう》なんだよ」

玄関口《げんかんぐち》にでてきた百太郎《ひゃくたろう》が小言をいっても、千次《せんじ》の顔つきはかわりません。

「そいつはわかってるけどよ。こればっかりは、二時までだまっておけねえんだ。おい百、おめえのいったとおりだぜ。これまで黒手組《くろてぐみ》のおしいった家は、みんなおなじ髪結《かみゆい》が出入りしてるんだ。もちろん名前はかえちゃあいたが、どれもこれも、左のほほにきずのある三十男でよ。例の新三《しんざ》というやつに、まちげえねえ」

「やっぱりねえ。で、これからどうするの？」

「へへ、うめえぐあいに、明日は泉屋《いずみや》にやつがまわってくる日なんだそうだ。だから明日、泉屋に張《は》りこんで、お縄《なわ》にしようぜ」

「そう、よかったね。用は、それだけ？」

「うん？　まあな」

「じゃあ、おいら、お習字があるから」

百太郎は、そそくさと、自分の席にもどります。

「百太郎くん、もう話はすんだのかね」

先生が、まだ玄関口につったっている千次をみながらたずねました。

「はい、とうちゃん、ちょいとした手柄《てがら》をたてたもんだから、うれしくて報告《ほうこく》にきただけですから」

百太郎《ひゃくたろう》はすましてこたえました。

つぎの朝、夜明けまえにおきた百太郎は、千次《せんじ》といっしょに泉屋《いずみや》におもむきました。自分の推理《すいり》がぴたりと的中《てきちゅう》したのですから、百太郎としても内心うれしくてしょうがありませんが、そこはぐっと顔をひきしめて、千次のあとから、とことこついていきました。

新大橋《しんおおはし》のたもとまでくると、元町《もとまち》はもう目と鼻の先です。時刻《じこく》は五時をすぎています。六時になれば、髪結《かみゆい》が泉屋にやってくるでしょう。そのまえに店内にかくれていて、やってきた髪結をとっつかまえるのです。

泉屋はもう店をあけていました。まずしい家では、朝ごはんの米《こめ》を、その日の朝買いにくることもあるので、午前五時まえには雨戸をあけるのです。

泉屋には、きのうのうちに事情《じじょう》をはなしてありましたので、千次がのれんをかきわけてなかにはいると、主人が意味ありげにうなずきました。

「新三《しんざ》は、まだ顔をみせませんか」

「ええ、いつも六時をすぎたころやってくるようで……」

「じゃあ、あっしたちは、米《こめ》つきうすのむこうにかくれてますから。やつがやってきたら、その土間でお縄《なわ》にします」

「わかりました。なんなら、店の人足《にんそく》に事情《じじょう》をいっててつだわせましょうか」

「なあに、相手はひとりだ。へたにみなさんにはなして、へんな雰囲気《ふんいき》になると、やつが警戒《けいかい》するといけません。万が一、手におえねえようだったら、そのときはたのみます」

千次《せんじ》と百太郎《ひゃくたろう》は、米つき機のうしろにかくれて、髪結《かみゆい》のやってくるのを待ちました。

六時をつげる鐘《かね》がきこえてまもなく、店ののれんをわって、ひとりの男がはいってきました。右手にびんだらいをかかえ、広そでに黒い腹《はら》がけ股引《ももひき》に足駄《あしだ》ばきという廻髪結《まわりかみゆい》特有のいでたちです。

「ごめんなすって。長らくご不自由をかけましてあいすみません」

男はそういうと、ぺこりとおじぎをしてみせました。

「あれっ」

百太郎は、一瞬首《いっしゅんくび》をかしげます。たしかに廻髪結にはちがいありませんが、顔はまるでちがいます。

「おや、宗助《そうすけ》さん。おまえさんがきたのかい」

主人も一瞬《いっしゅん》けげんな顔でたずねます。

「へい、ちょいと都合がわるくって、ほかの男にまわってもらってましたが、きょうから、またてまえがまいります。よろしくおねがいします」

そういえば、ここにかよってくる髪結《かみゆい》は、二か月ほどまえから、新三《しんざ》と交替《こうたい》したということでした。

「で、新三さんは、どうしたのかね」

「へえ、ゆうべ家にきて、明日からは、もうお客さまのところにいけないからと……」

「ちょっと待っておくれよ。新三さんのはなしだと、宗助さん、あんた体をこわしたから、新三さんをかわりによこしたっていうことだったよねえ」

主人のことばに、宗助という髪結は頭に手をやって、てれわらいしました。

「へへ、めんぼくねえ。じつは、ちょいとわけありでね。あの新三って男が、どうしても廻髪結《まわりかみゆい》の商売をしてみたい、ついては髪結賃《ちん》は全部こっちにわたすから、二、三か月、代

役をつとめさせてくれないかって、こうもちかけてきたんでさあ。あっしも、おかしな野《や》郎《ろう》だなっておもったんで、腕《うで》のほうをみせてもらったけど、髪結《かみゆい》仕事のほうもけっこううまいし、髪結賃《ちん》のほうは、前払《まえばら》いでくれるもんだから、つい、かわりにはたらいてもらったようなしだいでさあ」

「親分、ききましたか？」

泉屋《いずみや》の主人が、米《こめ》つきうすのうしろにむかって声をかけます。

「へい、どうやら奴《やつ》は、こっちの作戦に気づいたようですねえ」

米つきうすのうしろからあらわれた岡《おか》っ引《ぴ》きすがたの親子に、宗助《そうすけ》という髪結は、不安げに泉屋の主人の顔をみます。

「あのう、あいつ、なにかやらかしたんですか」

「おい、宗助といったな。てめえ、その新三《しんざ》ってやつの家をしってるんだろうな」

千次《せんじ》がにらみつけると、髪結はあわてて首をふります。

「いいえ、それが、ひょいとやってきたもんですから」

「てめえ、髪結職《しょく》は、お上《かみ》からお許《ゆる》しのでた者だけができる仕事だって承知《しょうち》してるだろう。

それを、どこの馬の骨《ほね》ともわかんねえやつにまかせたのか」

「ご、ごかんべんください。あ、あっしは、ただ……それに、こちらのお店だけだっていうもんで……」

「ふうん。すると、おめえが交替《こうたい》したのは、こちらだけか。堺屋《さかいや》や三国屋《みくにや》は？」

「いえ、てまえは、そんなおたくにはいってはおりません」

「なるほど。それじゃあ、ほかの店は、べつの髪結《かみゆい》にたのんでかわりゃあがったな」

千次《せんじ》は、くちびるをかみました。

「あのう、仕事をはじめてもよろしゅうございますか」

宗助《そうすけ》が、おずおずとたずねます。

「ああ、こんどだけは、みのがしてやらあ。しかし、二どと、おかしなことをするなよ。それから、例の男をみかけたら、すぐに泉屋《いずみや》さんにでも連絡《れんらく》するんだ」

「へい、かならず、そういたします」

髪結は、そそくさと店のおくにはいると、たすきをかけて、商売をはじめました。千次《せんじ》と百太郎《ひゃくたろう》は、すこしのあいだ、男の仕事ぶりをながめていました。

「おや、番頭《ばんとう》さん、かわった油をおつかいですね」

宗助《そうすけ》が、まえにすわった番頭の元結《もとゆい》をきりながら、そんなことをしゃべっています。

「そうですか。ほら、あんたのかわりにきていた新三《しんざ》さんがつかっていた油ですよ」

「へえ、これはまためずらしいかおりだ。きっと特別の香料《こうりょう》をつかってるんでしょう」

宗助のことばが百太郎《ひゃくたろう》の耳にきこえてきました。

百太郎は、つかつかと髪結《かみゆい》のそばによっていくと、そばにしゃがみました。

「新三のつかっていた髪油《かみあぶら》って、そんなにめずらしいんですか」

「ええ、びんつけ油には香料をまぜるんですよ。伽羅《きゃら》とか麝香《じゃこう》とかね。新三のつかってたのは、いったいどこの油でしょうねえ。すくなくとも、お江戸《えど》じゃあ、こんなかおりをかいだことがありません」

宗助が、番頭の頭に鼻をよせて、くんくんとかいでみせました。

3

午前七時をすぎると、江戸の町はもうにぎやかです。商店はあきないをはじめ、往来《おうらい》を荷車《にぐるま》や馬車が走りまわり、魚屋がてんびんぼうをかたにして、いせいのいい売り声をきかせています。

「百《ひゃく》よ、ざんねんだったなあ」

亀沢町《かめざわちょう》にもどる千次《せんじ》が、がっかりしたような声でいいました。

「このぶんじゃあ、あの髪結《かみゆい》、ほかの店にももう顔をだすことはねえだろう」

「そうだね。たぶん、福寿《ふくじゅ》でおいらと出会ったのをしおに、髪結をやめちまったんだよ」

「ちえっ、運のいいやつだな。しかし、おれも大仏《だいぶつ》の千次だ。このままだまってひっこむつもりはねえぞ。宗助《そうすけ》っていう髪結がいってたろう。あいつはなかなかいい腕《うで》だったって。ということは、しろうとじゃあねえ。どっかで髪結の修業《しゅぎょう》をつんだはずだ」

「うん、とうちゃん、いいとこに目をつけたじゃないか」

むすこにほめられて、千次はいくぶん元気がでたようです。

「そうか、おめえも、そうおもうか。髪結っていうのは、株仲間《かぶなかま》どうし、けっこうがっちりやってるらしいから、元締《もとじ》めのところにいきゃあ、どこの髪結床《どこ》に、どんな職人《しょくにん》がいたかってことも、すぐにわかるだろう。左のほっぺたに刃物《はもの》のきずがある職人なんて、そうざらにはいねえから、あんがい、じきに素姓《すじょう》がしれるかもしれねえやな」

「じゃあ、きょうは、とうちゃん、髪結床《かみゆいどこ》の元締《もとじ》めをまわるんだね。よし、おいらも張《は》りきらなくちゃあ」

「へえ、おめえもなにか調べてみるつもりかい」

「うん、福寿《ふくじゅ》のだんなに、もう一ぺんかけあってみるつもりだよ。きょうは秋月《あきづき》先生にも、いっしょにいってもらおうとおもうんだ。それに、さっき、いいことをおもいついてね」

「いいこと？」

百太郎《ひゃくたろう》は、にっこりわらいます。

「うん、あの廻髪結《まわりかみゆい》は、めずらしいかおりの油をつかってたそうじゃないか。だから、においで犯人《はんにん》をみつけられるかもしれないとおもってさ」

「においねえ……」

「もうひとつ、こんどねらわれた福寿の宝物《ほうもつ》っていうのも、香木《こうぼく》だろ。きっと独特《どくとく》のかおりがするんじゃないかな。そのかおりをおぼえとけば、万が一、品物がぬすまれたって、そのかおりを追跡《ついせき》していけば、犯人がつきとめられるだろ」

「そりゃあそうだが、そんなに鼻のきくやつがいるのかい」

「ふふ、おいらの友だちは、人間ばかりじゃないからね」

百太郎《ひゃくたろう》は、そういうと、さもおかしそうにわらいました。


その日の午後、男の子をつれた浪人《ろうにん》が、門前仲町《もんぜんなかちょう》のお茶屋、福寿《ふくじゅ》の店先にあらわれました。


「へい、いらっしゃいまし」

店の若《わか》い衆《しゅう》があいそうよく、もみ手をしながらでてきました。

「ああ、いや、わたしは店の客ではない。ご主人に、ちと用があってまいったのだ。もと池上越中守《いけがみえっちゅうのかみ》が家臣《かしん》、秋月竜之進《あきづきりゅうのしん》の孫《まご》で、秋月精之介《あきづきせいのすけ》ともうす。ご亭主《ていしゅ》におとりつぎねがいたい」

きょうの秋月先生は、いやに格式《かくしき》ばったものいいかたをします。若い衆は、びっくりしたようすで、

「へい、へい。池上藩御家中《はんごかちゅう》の……わかりました。へい、ただいますぐに……」

あわてておくにかけこんでいきましたが、やがて主人の勘次郎《かんじろう》がでてきました。

「てまえが、この家のあるじ勘次郎でございます。ええ、うけたまわりますところによると、池上藩《いけがみはん》の御家中《ごかちゅう》……？」

主人は、上目づかいに秋月《あきづき》先生の顔をみます。

「ほほう、ご亭主《ていしゅ》には池上藩をご存知《ぞんじ》かな。六十年まえ、おとりつぶしになった藩であるが……？」

「へっ？　へえ、お名前だけは……」

「さようか。ならば、おとりつぶしの因《もと》となった事件《じけん》についても、ご承知《しょうち》とみえるな」

秋月先生も、じっと主人の目をのぞきこみました。

「さあ、その件《けん》につきましては……」

「しらぬというのか。ならば、この足でお上《かみ》に訴《うった》えでてもよいのだぞ。すぐる六十年まえ、天子《てんし》さまより将軍家《しょうぐんけ》にくだされた名香寒月《めいこうかんげつ》を盗《ぬす》みだし、ひそかにかくしもっている者を発見しましたとな」

秋月先生のことばに、勘次郎の顔色がさっとかわりました。

「と、とんでもございません。てまえは、さる商人からゆずりうけただけでございます。その商人も、いずれかより入手しただけで、けっして盗品《とうひん》としっていたわけでは……」

「しかし、寒月《かんげつ》を所持していることは、たしかなのだな」

「は、はい。あの、このような店先では、なんでございますから、どうぞ母屋《おもや》のほうに……」

「うん、承知《しょうち》した。百太郎《ひゃくたろう》くん、それではおくにあがらせてもらおう」

ふりかえった先生は、百太郎に片目《かため》をつぶってみせます。そのときになって、勘次郎《かんじろう》は、ようやく百太郎がくっついてきていることに気づきました。

「おや、あんたは、亀沢町《かめざわちょう》の岡《おか》っ引《ぴ》き……」

「さよう。百太郎くんといってな、わたしの友人なのだよ」

秋月《あきづき》先生は、すずしい顔でこたえると、百太郎の肩《かた》に手をおきました。

勘次郎は、しぶしぶふたりを母屋の座敷《ざしき》へと案内しました。

さすが深川屈指《ふかがわくっし》のお茶屋のあるじだけあって、すまいのほうもりっぱでした。

「さてと、では、話のつづきをしようか」

先生が口をひらいたとき、ろうかに足音がして、お茶とおかしをかかえたむすめさんがへやにはいってきました。

「いらっしゃいませ」

むすめさんは、百太郎《ひゃくたろう》と秋月《あきづき》先生の前にお茶をはこびながら、ふと顔をあげました。

「あら、百太郎さん」

福寿《ふくじゅ》のむすめ、お芳《よし》さんでした。

「まあ、おとっつぁん、やっぱり、あたしのおねがいをきいてくれたのね」

お芳さんが、うれしそうに勘次郎《かんじろう》をふりかえります。

「おねがい？　なんのことだね」

「ふふ、とぼけなくてもいいわよ。黒手組《くろてぐみ》の一件《けん》を、百太郎さんにたのむんでしょ」

「い、いや。あの話は、こないだ、きっぱりとことわりました。きょうの一件は、べつのことだよ」

勘次郎がむすめにこたえるのを、秋月先生が横あいから制《せい》しました。

「いや、いや。けっしてべつの用ではありません。今回うかがったのも、いまはなき池上《いけがみ》越中守《えっちゅうのかみ》さまが命をかけられた品を、このうえ、賊《ぞく》の手にわたすのは、池上家《いけがみけ》ゆかりの者としてもたえられんのでな」

福寿《ふくじゅ》の主人は、すこしのあいだ、だまりこんでいましたが、やがて顔をあげました。

「お武家《ぶけ》さま、いえ、池上家ゆかりの方としっては、てまえも、もはや、なんのかくしだてもいたしません。たしかに、寒月《かんげつ》なる香木《こうぼく》は、てまえが所持いたしております。しかし、さきほどもうしあげたとおり、二年まえ、香道《こうどう》をたしなむ同輩《どうはい》よりゆずりうけた品でございまして、けっして、てまえや、てまえの先祖《せんぞ》が、池上家より盗《ぬす》んだわけではありません。ただ、その由来《ゆらい》につきましては、て

まえも、その同輩《どうはい》よりきいておりました。むろん、この同輩も、さる商人より寒月《かんげつ》をゆずりうけたとき、池上家《いけがみけ》のご不幸をきいたそうでございます」

秋月《あきづき》先生は、大きくうなずきます。

「ご亭主《ていしゅ》がそのようにいわれれば、わたしもこのんで事を公《おおやけ》にする気はない。池上家につかえたのはわが祖父《そふ》の時代なのだからね。かりに、その寒月が将軍家《しょうぐんけ》とかかわりがあったとしても、浪人《ろうにん》のわたしには、あずかりしらぬことだ。しかしな、きけば、その品を黒手組《くろてぐみ》がねらっておるというではないか。なあ、ご亭主、わたしからもたのむ。今回の一件《けん》、この百太郎《ひゃくたろう》くんに依頼《いらい》していただくわけにはまいらぬか」

勘次郎《かんじろう》は、百太郎のほうに目をうつしました。

「はい、ほかならぬ池上家ゆかりの方よりのご依頼ではございますが……。はたして、このぼっちゃんの手にあいますかな。さきごろも、泉屋《いずみや》さんで、まんまと賊《ぞく》の策《さく》にはまってしまったときいていますが。こうもうしてはなんですが、てまえの知りあいには、腕《うで》のたつ用心棒《ようじんぼう》をかかえた男が大勢《おおぜい》います。その連中から、よりすぐりの男を十人ほどやとってきて、まもらせるほうがたしかではありますまいか。むろん、相手は名にしおう怪盗《かいとう》でございます。用心棒《ようじんぼう》だけをたよりにしているわけではありません。じつは、このようなこともあろうかと、かねてより秘密《ひみつ》のかくし倉《ぐら》をこしらえてありまして、寒月《かんげつ》は、そこにおさめてあります。このかくし倉だけは、家族の者も、あけかたをしりませんから、まずはだいじょうぶでしょう」

「ううん、亭主殿《ていしゅどの》には、亭主殿の考えがあるというわけだな」

秋月《あきづき》先生が腕《うで》をくんだときです。百太郎《ひゃくたろう》が、ぺこりとおじぎをしました。

「福寿《ふくじゅ》のご主人、おっしゃるとおり、泉屋《いずみや》さんの一件《けん》では、とんだ失敗をしてしまいました。ですから、こんどは作戦をかえてみるつもりなんです。おいら、今回は、いっさいお宅《たく》にはいりこむことはしないで、お店のそとを見張《みは》っているつもりです。ご主人は、どうぞ用心棒でも、なんでもやとって、まもりをかためてください。ただ……」

百太郎は、ちらりと秋月先生をみやりました。

「黒手組《くろてぐみ》のねらっている寒月という香木《こうぼく》を、みせていただけませんか。いえ、そのかおりをかがせてもらえませんでしょうか」

「うん、それは、わたしものぞむところだ。わが祖父竜之進《そふりゅうのしん》が生涯《しょうがい》かけてさがしつづけた名香《めいこう》のかおり、ぜひとも、きかせていただきたいものだな」

秋月《あきづき》先生もひざをすすめました。

4

しょうじに冬の日があたっています。へやのなかは、しんとしずまりかえっています。

福寿《ふくじゅ》の主人勘次郎《かんじろう》は、さきほどから、床《とこ》の間《ま》の香棚《こうだな》のまえにすわって、かわいらしい大工道具のようなものをあつかって、古びた木切れをほんのすこしけずりとって、これを小さな粉末にしました。それから、棚の上から、さまざまな器具《きぐ》をとって、敷物《しきもの》の上にならべます。

「香道《こうどう》というのは、なかなか作法《さほう》がやかましゅうございますが、本日は、そうした作法はぬきにいたしましょう」

主人は、そういって、敷物の中央におかれた筒型《つつがた》の香炉《こうろ》の灰《はい》の上に、雲母《うんも》の板をピンセットのようなものでおきました。

「ふつう、香をたくときは、組香《くみこう》ともうして、二種以上の香木《こうぼく》をまぜあわせてたきます。

また、香《こう》というのは直火《じかび》をきらいますゆえ、このように火の上に雲母《うんも》の板をのせ、この上で香をたくわけです。では、たきはじめます」

勘次郎《かんじろう》は、かるく一礼すると、さきほど粉にした香を、さじのようなものですくいとると、香炉《こうろ》のなかにくべました。

香炉のなかから、ひとすじの煙《けむり》がたちのぼり、ゆらゆらと、へやのなかにひろがります。

福寿《ふくじゅ》の主人は、香炉を両手でかかえると、そっと秋月《あきづき》先生のまえにおきます。

「どうか、香炉を手にとって、かおりをきいてみてください」

「うん。では、作法《さほう》をわきまえぬが……」

先生も香炉を両手でかかえて、顔にちかづけます。

「なんと……。えもいわれぬ……」

たちのぼる香のかおりは、そばにすわっている百太郎《ひゃくたろう》の鼻にもとどいていました。

先生が一礼して香炉を百太郎にまわしました。百太郎も香炉をかかえて、鼻いっぱい煙をすいこみます。

いったい、なににたとえたらいいでしょう。

お仏《ぶつ》だんの線香のかおりににていますが、もっと上品で、そしておくの深いかおりでした。

「この香木《こうぼく》は、いまを去ること千百年まえ、聖武天皇《しょうむてんのう》の御世《みよ》、紀伊国《きいのくに》に流れついた伽羅《きゃら》の木を天皇に献《けん》じたところ、ことのほかおよろこびになり、天皇みずから、〝寒月《かんげつ》〟と銘《めい》をつけられたときいております。親木は、いまも東大寺正倉院《とうだいじしょうそういん》におさめられておるとか」

「うん、なるほど、天下の名香《めいこう》とは、このようなものか。いや、寿命《じゅみょう》がのびた心地がする」

秋月《あきづき》先生はふと、百太郎《ひゃくたろう》をふりかえりました。

「百太郎くん、そろそろ、あのことをおねがいしてはどうかな」

うなずいた百太郎が、福寿《ふくじゅ》の主人をみつめました。

「じつは、もうひとつ、おねがいがあるんです。このかおり、おいらの助手にもかがしてはいただけませんか」

「助手に？」

「はい、めっぽう鼻のいいやつですから、そこの庭先にとおしていただければ十分です」

「そりゃあまあ、あなたの助手をつとめる人なら、身元もしっかりしてらっしゃるでしょうし……」

「ありがとうございます。ちょっと庭の木戸《きど》をあけさせてもらいますよ」

百太郎《ひゃくたろう》はすばやくしょうじをあけると、庭げたをかりて、へいのところまであるいていきました。そして、くぐり戸をあけて、口笛をふきます。と、一ぴきの黒い犬が、のそりとはいってきました。

「助手というのは、この犬なんです」

百太郎のことばがわかったのか、黒い犬は、えんがわのそばにすわると、ちょっとおっぽをふりました。

「さあ、クロ。いいかい、このかおりだよ。いいにおいだろう。こいつを、しっかりおぼえておくんだ」

百太郎は、香炉《こうろ》をかかえてきて、えんがわにおきます。黒犬は、鼻を上にむけて、じっとしていましたが、やがて、よくわかったというふうに、ひと声なきました。

「ご主人、ありがとうございます。これでクロも、寒月《かんげつ》のかおりをおぼえましたから、万が一、賊《ぞく》の手にわたっても、かならずみつけだしてくれますよ」

あっけにとられている福寿《ふくじゅ》の主人に、百太郎《ひゃくたろう》はにっこりわらいかけます。

「ははあ、これはおそれいりました。しかし百太郎さん、香木《こうぼく》のかおりというのは、たいたときに、そのかおりを発するもので、生木には、さしてにおいはありませんよ」

「いいえ、だいじょうぶです。この犬は、りこうなやつだから、するめのにおいをかげば、それがイカのほしたもんだってことを、ちゃんとわかるんです。火にくべたときのにおいをかげば、原木のにおいも、ちゃんとかぎわけるとおもいますよ」

「そうでしょうか。いえ、もし、よろしかったら、香木そのもののにおいをおしえておいたほうがよろしいんじゃないですか」

勘次郎《かんじろう》は、よほど百太郎のアイデアに感心したようです。

「しかし、そんなもったいないものを、犬の鼻先にもっていっちゃあ、罰《ばち》があたります」

「はい、鼻づらをこすりつけられちゃあ、香木にうつり香《が》がつきますのでこまりますが、ほら、こうしてこのままなら、だいじょうぶでしょう」

勘次郎が、香道具《こうどうぐ》のなかから和紙につつんだ木の粉末をもってきて、えんがわにおきました。

ほんのわずかな粉末ですが、黒犬は、えんがわから首をのばして、くんくんとにおいをかいでから、さっきとおなじように、ワンとほえました。

「ああ、これで十分です。クロは、寒月《かんげつ》のかおりをしっかりおぼえました」

百太郎《ひゃくたろう》は、満足そうに、クロの頭をなでてやりました。すると、犬は、くるりとまわれ右をして、さっと裏木戸《うらきど》からとびだしていきます。きっと、自分の仕事がおわったとわかったのでしょう。

「なるほど、百太郎さんには、あんな手をつかうこともできるわけだ。わたしのやとった用心棒《ようじんぼう》じゃあ、なんとなく不安になってきま

したよ」

勘次郎《かんじろう》が、感心したようにいいます。

「ご亭主《ていしゅ》、さきほどきざんでおられたのが、香木《こうぼく》だとおもうが、拝見《はいけん》できますかな」

秋月《あきづき》先生が口をひらきました。

「はい、ごらんください。しらぬ人がみれば、ただの木くずにしかみえますまい」

亭主が、香棚《こうだな》から桐《きり》の箱をかかえてきました。なかに、きれいな布《ぬの》につつまれ、長さ十センチほどの黒っぽい木ぎれがはいっています。はしっこのあたりに、新しい切り口がみえました。

「これが、あのかおりのもとか。それにしても、たったこれだけの木ぎれのために、五万三千石《ごく》の大名《だいみょう》がおとりつぶしになるのだからなあ」

秋月先生は、感慨《かんがい》ぶかげに、つぶやきます。

ふたりが福寿《ふくじゅ》の店をでたのは、それから三十分後でした。往来《おうらい》はそろそろあそび客でにぎわいはじめています。これから夜の十二時ころまで、八幡宮《はちまんぐう》の参道はにぎやかになることでしょう。

「先生、きょうは、ありがとうございました。おかげで、福寿《ふくじゅ》にも話がついたし……」

「なに、こっちも、多少はかかわりがないことじゃあないからね。孫《まご》のわたしが、寒月《かんげつ》をこの目でみて、かおりをきかせてもらえば、祖父《そふ》もすこしはよろこぶだろう。で、初天神《はってんじん》の夜は、百太郎《ひゃくたろう》くんは、あの店のそとで張《は》りこむつもりかね」

「ええ、こんどは、おやじが手がだせないんで、おいらとクロで張りこむんです」

「ひとりと一ぴきじゃあ、心細いだろう。わたしもつきあうよ」

「ほんとですか。たすかるなあ。いえ、もし賊《ぞく》をみつけても、永代寺《えいたいじ》の門前ではつかまえません。寺領《じりょう》のそとまで尾行《びこう》しといて、町方《まちかた》の縄張《なわば》りにきたら、とうちゃんの手をかりるつもりなんです」

「なるほど、そういう手はずか。しかし、クロがうまく賊をみつけてくれればいいが」

「だいじょうぶですよ。クロには、もうひとつ、犯人《はんにん》のにおいをかがしておきますから」

「犯人のにおい？」

「はい。ひとり、黒手組《くろてぐみ》の一味で見当のついているのがいるんですが、ざんねんなことに、行方《ゆくえ》をくらましちゃったんです。だけど、においだけは、ちゃんとのこしてくれたんですよ」

「ほほう、においをねえ」

「はい。寒月《かんげつ》のかおりを、クロにかがせるっていう手を考えついたのも、じつは、そのにおいのことがあったからなんです」

百太郎《ひゃくたろう》は、まだ合点《がてん》がいかぬようすの先生に、いたずらっぽくわらってみせました。

5

相生町《あいおいちょう》で先生とわかれて、百太郎は亀沢町《かめざわちょう》のわが家へともどっていきました。日はそろそろ西にかたむき、往来《おうらい》をあるく人の足どりも、なんとなくせわしげです。まだあそびたりない子どもたちが数人、わいわい天王《てんのう》のうしろにくっついてあるいています。わいわい天王というのは、天狗《てんぐ》の面をかぶった牛頭《ごず》天王のお札くばりです。

「わいわい天王、さわぐがおすき」

と、はやしながら、紅刷《べにず》りのお札をまいては、家ごとに銭《ぜに》をもらってあるきます。

長屋《ながや》にもどると、もう千次《せんじ》はもどっていました。

「百《ひゃく》、おそかったじゃねえか」

「うん、福寿《ふくじゅ》に長居《ながい》しちまってね」

「どうだ、うまくもぐりこめそうか」

「秋月《あきづき》先生についていってもらったんで、とんとん拍子《ひょうし》に話がはこんでさ。それに、天下にふたつとないっていうお香《こう》のかおりまでかがしてもらっちゃった」

「へえ、例の寒月《かんげつ》とかいう香かい」

「そうさ。で、とうちゃんのほうの探索《たんさく》はうまくいったの」

「ああ、髪結床《かみゆいどこ》の元締《もとじ》めをまわって、それらしい職人《しょくにん》をあらってみたんだがな。けっこうおもしろい情報《じょうほう》をつかんだぜ」

「ふうん。じゃあ、めしのしたくをするあいだ、とうちゃんの調べをきかせてもらおうかな」

「おっと、めしなら、おいらがたいといた。おかずも、となりのお勝《かつ》ばあさんが、にしめをとどけてくれたから、そいつですましちまおうじゃねえか。それより、百、たまには、いっしょに湯にいこうか」

千次《せんじ》が食事の用意をしてくれるなんて、めずらしいことです。きっと、きょうのききこみ調査《ちょうさ》がうまくいったのでしょう。

ふたりは、手ぬぐいをぶらさげると、町中の銭湯《せんとう》にでかけました。

江戸《えど》時代は、自分の家に風呂《ふろ》のない家が多く、たいていの町人が銭湯を利用しました。

いまの銭湯は、内部も広びろとして明るい感じですが、江戸時代の銭湯は、それほど広くなく、しかも小さなまどしかないために、ずいぶん暗かったようです。おまけに洗場《あらいば》と浴槽《よくそう》のあいだに、石榴口《ざくろぐち》という低いいり口があって、湯舟にはいる人は、いちいち、かがみこんで出入りしなくてはなりませんでした。これは浴槽の蒸気《じょうき》をのがさないためのしかけだったようです。

いまとちがって、浴槽の湯は、朝くみこんだものを夜まで使用します。湯かげんだけは、おいだきをしてあたためましたが、お湯そのものは一日中かえませんから、あまり清潔《せいけつ》とはいえなかったようです。江戸っ子が朝湯にでかける習慣《しゅうかん》があったのも、朝のきれいなお湯につかりたいからだったのかもしれません。

朝湯といえば、町奉行所《まちぶぎょうしょ》の与力《よりき》、同心《どうしん》だけは、朝の女湯にはいってもよいことになっていました。朝の女湯は、男湯とちがってはいる者もすくなく、すいていることもありました し、女湯につかって、男湯の客たちがしゃべる町の情報《じょうほう》を、しきりごしに耳をかたむけたともいわれています。八丁堀《はっちょうぼり》かいわいの銭湯《せんとう》には、女湯の脱衣場《だついじょう》に与力《よりき》、同心《どうしん》のための刀《かたな》かけがあって、これが八丁堀の七不思議《ななふしぎ》のひとつにかぞえられていました。

さて、湯につかった百太郎《ひゃくたろう》は、洗場《あらいば》で千次《せんじ》の背中《せなか》をながしながら、千次の報告《ほうこく》をきかせてもらいました。

「例の廻髪結《まわりかみゆい》だがよ、髪結なかまでも、うわさになっていたらしいぜ。江戸《えど》にあらわれたのは半年くらいまえらしいが、最初一か月ほど、本郷《ほんごう》の髪結床《どこ》にすみこんではたらいていたそうだ。そこの親方の話じゃあ、どうも上方《かみがた》で修業《しゅぎょう》していたんじゃねえかっていうんだな。そのうち、ひと月ほどすると、ひょいとひまをとって、やめちまって、そのうち、どこでしいれたのか、けっこう値《ね》のはるびんだらいをかかえて、廻髪結をはじめやがった。おめえもしってるように、廻髪結のとくい先っていうのも、株《かぶ》になっていてよ。商売をはじめるについちゃあ、同業の者から株をゆずってもらわなくちゃあならねえ。ところが、やっこさん、同業の者の家をあるいちゃあ、どこそこのお店の仕事を、しばらくのあいだやらせてくれまいか、ついては髪結賃《かみゆいちん》は、そっくり、こちらにまわしますっていうんだそうだ。いってみりゃあ、やつはここ四、五か月、ただ働《ばたら》きばかりしてたわけだ」

「やっぱりね。あいつのねらいは、おとくいさまの家を調べるのが目的だったんだね」

「ああ、どうもそうにちげえねえ。大店《おおだな》に出入りして、奉公人《ほうこうにん》の頭をさわっているあいだに、その店に、なにかめぼしい物がねえか、それとなく、ききだしてたんじゃねえかなあ」

「で、黒手組《くろてぐみ》のしのびこんだ店は、みんなその調子で、やつがはいりこんでたんだろ」

「そういうことだ。もうひとつ、例のあいつがつかっていた髪油だが、これもあらかた調べがついた」

「へえ。お江戸《えど》じゃあ、めずらしい油っていうやつ?」

「びんつけ油っていうのは、つばき油や菜種油に伽羅《きゃら》油をまぜて、そのうえ、松《まつ》やにをくわえてあるんだそうだが、どうやら、やつのつかっていたびんつけ油は、伽羅油とはちがった香料《こうりょう》をまぜていたらしいんだな」

「べつの香料を?」

「うん、ほかの同業者が、ためしにきいてみたら、なんでも南蛮《なんばん》わたりの香油で、花の精《せい》気《き》を集めたもんだとこたえたっていう話だ」

「ふうん、南蛮わたりの香油をまぜるなんて、ぜいたくなはなしだなあ。で、とうちゃんの調べたのはそれだけ？」

さすが大きな千次《せんじ》の背中《せなか》も、もうすっかりあらいあがっています。

「へへ、もうひとつ、とっときの話があるんだ。ほら、さっきはなした、本郷《ほんごう》の髪結床《かみゆいどこ》の親方が、例の泉屋《いずみや》の一件《けん》があったまえの日に、やつにでくわしてるんだ。ところは柳橋《やなぎばし》の小料理屋でな。ろうかでばったり顔をあわしたんだそうだ。そのとき、やつには四人のつれがいてよ。四人のつれの風体《ふうてい》というのが、ほれ、おめえが天明堂《てんめいどう》に占《うらな》ってもらった賊《ぞく》の風体にぴったりだったんだ。ひとりはさむれえ、ひとりは体のごつい男、もうひとりは、やせた顔色のわりい若《わか》い衆《しゅう》、そいでもうひとりは、女だったたってよ」

「へえ、すると、やっぱり黒手組《くろてぐみ》は五人だったんだね」

「まず、まちげえねえ。連中、おおかた、つぎの日の泉屋襲撃《しゅうげき》の相談でもしてやがったんだろうなあ」

「ようし、こうなったら、こんどの初天神《はってんじん》の夜、かならず連中をお縄《なわ》にしてやろうよ」

「あたりめえよ」

千次《せんじ》は、さけんだとたん、大きなくしゃみをしました。

「へへ、話にむちゅうになって、すっかり体がひえちまった。さあ、百《ひゃく》、あついのにつかって、あったまろう」

大いそぎで湯舟にむかう千次をおって、百太郎《ひゃくたろう》も石榴口《ざくろぐち》をくぐりぬけました。

第四話　大川《おおかわ》の追跡《ついせき》

1

　一月二十五日は初天神《はってんじん》といって、天神さまのお祭《まつ》りです。亀戸《かめいど》天神では、この日と前日の二十四日の夜、〝うそ替《か》え〟ということがおこなわれました。

　うそ替えというのは、ウソという野鳥をかたどった木製《もくせい》のお守りをたもとにいれて参拝《さんぱい》し、暗くなってから、境内《けいだい》でいきあう参拝客どうしが、「うそをかえましょう」と、どなりながら、他人のたもとに、自分のお守りをすべりこませていきます。つまり、いつのまにか、自分のもっていたお守りがかわっているというわけです。

　こうすると、去年おこったわるいできごとが、すべて〝うそ〟になり、運がひらけると

いうのです。

しかも、うそ替《か》えのさいちゅう、神社から純金のうそのお守りが、そっと参拝《さんぱい》客のたもとにいれられます。この金のうそをひきあてた人が、最高の幸運者となることは、いうまでもありません。

〝うそ替え〟は、もとは九州の太宰府天神《だざいふてんじん》でおこなわれていたのを、百太郎《ひゃくたろう》の時代に、江戸《えど》の文人たちがはやらせたのがはじまりで、二、三年のうちに亀戸《かめいど》天神の人気イベントになってしまいました。

黒手組《くろてぐみ》が福寿《ふくじゅ》によこした予告状《よこくじょう》のなかの、

「こればっかりは、うそととりかえられませぬ」

という文句《もんく》は、初天神《はつてんじん》のうそ替え神事にひっかけたものでしょう。

その一月二十五日、初天神の当日、亀戸天神の境内《けいだい》では、大ぜいの人びとがあつまり、さかんにかけ声をかけながら、つぎつぎとたもとのうそを替えあっているころ、ここ深川《ふかがわ》は永代寺門前仲町《えいたいじもんぜんなかちょう》も、たくさんのあそび客でにぎわっていました。

日がくれてまだ三十分もたっていませんが、空がくもっているせいか、空はもうまっ暗でした。海のほうからふいてくるかすかな風はなまあたたかく、晩春《ばんしゅん》をおもわせるくらいです。そういえば、梅のたよりも、ぼつぼつ人の口にのぼりはじめました。

八幡宮《はちまんぐう》の参道ぞいにたちならぶ料亭《りょうてい》やお茶屋は、あかあかと灯をともし、お客をおくに案内する若《わか》い衆《しゅう》のかけ声が、あちこちであがっています。往来《おうらい》をそぞろにあるく男客のあいだを、お座敷《ざしき》のかかったらしい芸者衆が、げたの音をひびかせながら、料亭ののれんをくぐっていきます。

にぎやかな門前仲町《もんぜんなかちょう》の町筋《まちすじ》のほぼ中央、あたりのお茶屋や料亭より、ひときわ大きなかまえの店だけが、おもてのちょうちんもつけず、大戸をぴたりととじていました。

雨戸には、一まいのはり紙がしてあり、

〝都合により、本日は休業させていただきます。おゆるしください。

福寿亭主《ふくじゅていしゅ》　勘次郎《かんじろう》〟

と、あります。

黒手組《くろてぐみ》の襲撃《しゅうげき》にそなえて、今夜はやすみをとったのでしょう。

福寿のむかい側、広い参道をはさんだ反対側に、一軒《けん》のそば屋が店をあけていました。

この店のまどぎわに、三人の少年少女とひとりの浪人者《ろうにんもの》がすわって、そばをすすっていました。

浪人は秋月《あきづき》先生、子どもは百太郎《ひゃくたろう》、それに寅吉《とらきち》とお千賀《ちか》ちゃんでした。

「今夜は冷《ひ》えこまなくて、ほんとによかったねえ」

百太郎がだれともなしにいうと、寅吉がこっくりうなずきます。

「まったくだぜ。ひと晩中《ばんじゅう》、福寿《ふくじゅ》のまわりをうろつくんだ。真冬じゃあ、しんぼうしきれねえところだぜ」

「いやなら、かえったっていいのよ。べつに、たのんできてもらったわけじゃないんだから」

横あいから、お千賀がいいます。

「なにをいってやがる。おめえだって、おしかけ助《すけ》っ人《と》じゃねえか。おいらはな、百太郎と秋月先生が、千次の名代《みょうだい》で張《は》りこむっていうからよ、おなじ寺子屋《てらこや》なかまとして、だまってみてるわけにいかねえんだ。おめえは、秋月先生の手習いっ子でもなんでもねえじゃねえか」

「あら、ごあいさつね。福寿《ふくじゅ》のお芳《よし》ちゃんは、あたいの親友なのよ。友だちの家が、黒手組《くろてぐみ》にねらわれてるんだもの、百《ひゃく》ちゃんに協力するのはあたりまえよ。いったい、この店に口をきいたのは、どこのだれだとおもってるの。お芳ちゃんが口ぞえしたから、ひと晩中《ばんじゅう》つかわせてもらえるんじゃないのよ」

そばをたべおわった秋月《あきづき》先生が、苦笑しながら仲裁《ちゅうさい》にはいりました。

「これこれ、きみたち、口げんかは、それくらいにしなさい。ほら、そろそろ用心棒《ようじんぼう》のご出勤《しゅっきん》らしいぞ」

先生の声に、一同は、はっとしたように福寿のおもてを注目します。いましも、三人の

浪人者《ろうにんもの》とふたりの町人が、雨戸のわきにあるくぐり戸のそばにたって、細目にあいた戸の内側の人物と、なにごとかはなしていました。ふたりの町人も一見、やくざとわかるいでたちです。

やがて五人は、ぞろぞろと、くぐり戸のなかへとはいっていきます。と、男たちのわきに、いつのまにやってきたのか、一ぴきの黒犬がうずくまっていて、しきりに鼻を上にむけて、なにかをかぎとっていました。が、じきに興味《きょうみ》をなくしたらしく、すたすたと、そばの路地へときえてしまいました。

「いまの連中はだいじょうぶのようですね。すくなくとも、髪結男《かみゆいおとこ》はまじっていません」

百太郎《ひゃくたろう》が、小声でささやきます。

寒月《かんげつ》のにおいをおぼえさせたように、百太郎は、泉屋《いずみや》の奉公人《ほうこうにん》の頭についた、めずらしい香料《こうりょう》のはいったびんつけ油のにおいを、クロにかがせておいたのです。もし、今夜、髪結男が福寿《ふくじゅ》にしのびこもうとしても、体にしみついたにおいで、かならずクロに発見されるでしょう。

「クロばかりにはたらかせておくのもわるい。ひとつ、福寿のまわりをみまわってこよう」

秋月《あきづき》先生がたちあがりました。

「それじゃあ、すまないけど、お千賀《ちか》ちゃんも、いっしょにいってくれないか。三十分たったら、おいらと寅《とら》ちゃんと、いれかわるよ」

ふたりが道をわたって福寿《ふくじゅ》の横手の路地にきえるのを待って、百太郎《ひゃくたろう》と寅吉《とらきち》も、福寿の店の前をぶらぶら散歩をはじめました。往来《おうらい》は、まだ人通りも多く、子どもがうろついていても怪《あや》しまれることもありません。

ふたりがぶらついているあいだにも、客らしい羽織《はおり》の男がふたり、福寿の前にたって、はり紙を読んでは、

「なんだね、やすむんならやすむって、まえまえから、いってくれればいいのに」

なんて、不平をこぼしながらたち去っていきます。こんな客は、けっこう多いようで、福寿のはんじょうぶりがうかがえます。

またふたり、浪人者《ろうにんもの》とやくざ風の男が、福寿のくぐり戸をたたきました。

「はい、どなたでしょう」

内側からの声に、やくざ風の男がこたえました。

「へい、神田《かんだ》の黒駒《くろこま》親分から、今夜ご当家をおまもりするようにいいつけられた者でございます」

「それは、それは、ごくろうさまです。どうぞおはいりください」

くぐり戸があいて、店の若《わか》い衆《しゅう》が顔をだしました。いつのまにかクロが、木戸《きど》ちかくにやってきていました。

「さっき五人、いまふたり。いったい、なん人用心棒《ようじんぼう》をやとったんだい」

寅吉《とらきち》が、あきれたようにいいました。

やがて三十分たって、百太郎《ひゃくたろう》と寅吉は、先生とお千賀《ちか》ちゃんと交替《こうたい》で、福寿《ふくじゅ》の裏手《うらて》へまわりました。万が一、賊《ぞく》が裏のへいをのりこえて侵入《しんにゅう》するかもしれません。それを見張《みは》るためです。

へいのそばの梅の木に夜目にも白いものが、ふたつ、みっつくっついているのがみえます。心なしか、いいにおいもただよってきます。

母屋《おもや》のほうで、豪快《ごうかい》なわらい声がひびいてきました。さきほどから、つぎつぎやってきた用心棒の声かもしれません。

「ちぇっ、あの声のようすじゃあ、酒でもふるまわれて、いい心持ちになってるんだぜ。あんなんで、用心棒《ようじんぼう》がつとまるのかねえ」

寅吉《とらきち》がにくまれ口をたたきました。

半時間がなにごともなくすぎて、百太郎《ひゃくたろう》たちは、ふたたび先生たちと交替《こうたい》しました。

「ついいましがた、また用心棒が三人はいっていったぞ。なんでも品川《しながわ》の勝蔵《かつぞう》親分の身内だと名のっていた」

「そうですか。ここのご亭主《ていしゅ》は、ずいぶんやくざの親分をしってるんだなあ」

百太郎は、なに気なしにこたえましたが、もし、その三人を直接《ちょくせつ》目にしていたら、あるいは、もっとべつのことばをもらしたかもしれません。

「クロは、ちゃんとにおいをかいでいましたか」

裏手《うらて》にあるきかけていた先生に、百太郎がたずねます。

「ああ。しかし、すぐに天水《てんすい》おけのかげにかくれたところをみると、目あてのにおいはしなかったとみえるな」

先生はそういうと、お千賀《ちか》といっしょにあるきだしました。百太郎たちは、ひとまずそば屋へとひきあげることにしました。

2

早春の夜がしだいにふけてきて、往来《おうらい》の人通りもだいぶへってきました。

吉原《よしわら》など江戸《えど》のあそび場は、だいたい夜の十時になると、泊《と》まらないお客はもどってきますから、茶屋や料亭《りょうてい》も、この時刻《じこく》に店とおもてをしめてしまいます。ただ、この門前《もんぜん》仲町《なかちょう》だけは、夜中の十二時まで店をあけている習慣《しゅうかん》があったようです。

しかし、その仲町の店も、十二時の鐘《かね》をあいずに、それぞれの店が表戸をしめはじめます。なかにのこっているのは、明朝の六時まで泊まりこみであそんでいる客ばかり。にぎわっていた参道も、きゅうにひっそりとして、夜まわりの拍子木《ひょうしぎ》の音だけが、妙《みょう》にかん高くひびきます。

福寿《ふくじゅ》は、いぜんとして、なにごとも起こったようすもありません。ただひとつかわったことというと、十時ごろだったでしょうか、羽織《はおり》をきた、ひと目で芸者とわかる女が福寿の雨戸をどんどんたたいて、顔をだした若《わか》い衆《しゅう》と、ちょっとしたもめごとをおこしました。

どうも、その芸者、お客によばれて福寿《ふくじゅ》にやってきたものの、店がしまっていたので腹《はら》をたてたようです。

「てまえどもは、今夜は臨時《りんじ》休業しておりますから、なにかのおまちがいじゃあございませんか」

「だって、あたしは、たしかに福寿のつかいっていう人からよばれたんですよ。このまま、もどるわけにはいきません」

若《わか》い衆《しゅう》がしきりにことわりますが、芸者は、がんとして、いうことをききません。

深川《ふかがわ》芸者というのは、男まさりの勝気を売りものにしているだけに、口もたっしゃです。

若い衆もいいまかされて、いちおう主人におうかがいをたてたようです。しばらくしてあらわれた若い衆は、

「ねえさん、せっかくおいでになったんですから、それじゃあ、母屋《おもや》のお客さんのお相手でもしてください」

とうとう、芸者を店のなかにいれました。

まあ、かわったことといえば、それくらいのことでしょう。

百太郎《ひゃくたろう》たちは、しんぼう強く、福寿《ふくじゅ》のまわりの見張《みは》りをつづけていました。

四人が休けい場所にしているそば屋も、十二時に店じまいしましたが、福寿のむすめの口ききだったので、四人がひと晩中《ばんじゅう》つかってもかまわないとのことでした。

午前一時をすぎると、さすがに、おもては冷《ひ》えてきました。江戸《えど》時代のこよみは、だいたい現在《げんざい》のこよみと一か月から一か月半ずれています。一月二十五日といえば、いまの季節でいうと、三月上旬くらいの気候といっていいでしょう。

さいわい雲がひろがっているため、身をきるような寒さではありませんが、それでも、おもわずえりをあわせて、火のそばにかがみたくなります。

あいかわらず、百太郎たちは、三十分ごとに、福寿の裏手《うらて》の見張りにたちました。ただ、おもての見張りは、そば屋の店内から、まどごしに見張ることにしました。

「寅《とら》ちゃん、ねむかったら、そこに横になんなよ」

火ばちのそばで舟をこいでいる寅吉《とらきち》に、百太郎がいいました。店内には、テーブル席のおくに、座敷《ざしき》がもうけてあるのです。

「わるいなあ、百《ひゃく》……」

あくびまじりにこたえた寅吉《とらきち》は、ふらふらと座敷《ざしき》にあがりこんだとおもったら、もうたかいびきをかきはじめました。

やがて、秋月《あきづき》先生とお千賀《ちか》ちゃんがもどってきました。

「あら、あら、寅《とら》ちゃんたら、ねちゃったの」

「見張《みは》りは、おいらとクロで十分さ。お千賀ちゃんも、すこしねむるといいよ」

「それがいい。いざというときのために、やすんどいたほうがいいぞ」

先生にうながされて、お千賀も、座敷のすみに体をまるめます。

「じゃあ、おいら、でかけてきます」

百太郎《ひゃくたろう》は、しょうじをあけて、そとにでました。

暗い通りのむこうに、福寿《ふくじゅ》のたてものが、黒ぐろとそびえていました。

裏手《うらて》にまわり、路地のすみにしゃがむと、犬のクロが、そっとすりよってきました。

「おまえをだいてりゃあ、けっこうあったかいなあ」

百太郎は大きな犬の体に手をかけます。犬もうれしそうに、百太郎の顔をぺろりとなめました。

もう午前二時ちかくでしょう。福寿《ふくじゅ》のへいの内側からは、なんの物音もきこえません。さっきまでは、用心棒《ようじんぼう》たちのわらい声にまじって、芸者のひく三味線《しゃみせん》の音や唄声もきこえていたのですが、それも、いまはきこえなくなりました。もしかしたら、用心棒たちも、うたたねをしているのかもしれません。

黒手組《くろてぐみ》は、いつやってくるのでしょうか。

泉屋《いずみや》にあらわれたのも、午前二時あたりでした。今夜は、いったいどんなすがたで、どんなやりかたで侵入《しんにゅう》するつもりなのか。こればっかりは、さすがの百太郎《ひゃくたろう》も予想がつきません。

父親の千次《せんじ》だって、いまごろは深川元町《ふかがわもとまち》の自身番《じしんばん》で、やきもきしながら待っているにちがいありません。もし、賊《ぞく》があらわれたら、すぐさま千次にしらせることになっています。でも、はたして、百太郎に賊のすがたをみつけることができるかどうか。

「なあに、こっちには、おまえがいるもんなあ」

百太郎は、そっと黒犬にはなしかけました。

永代寺《えいたいじ》の鐘《かね》が午前六時をつげました。東の空がばら色にそまっています。すずめがチチとなきながら、軒《のき》から往来《おうらい》へとおりてきます。

百太郎《ひゃくたろう》は、大きなのびをしながら、そば屋の格子《こうし》をあけます。往来の店も、がらがらと雨戸をくりはじめ、泊《と》まり客たちが、店の者におくられながらでてきました。

「百太郎くん、どうも賊《ぞく》は、あらわれなかったようだなあ」

福寿《ふくじゅ》の路地から、秋月《あきづき》先生がのそりとでてきました。

「へんですねえ。いままで、こんなことはなかったのに……」

百太郎が首をかしげたとき、福寿の店の雨戸がいきおいよくあいて、店の若《わか》い衆《しゅう》がでてきました。

「おはようございます。どうでした、ゆうべは？」

百太郎が小声でたずねると、若い衆もにっこりとわらって、うなずきます。

「おかげさまで、なにごともありませんでした。やはり、大ぜいの腕《うで》じまんがおいでなので、賊もおじけづいたんでしょう」

「それは、ようございましたね。で、ご主人は？」

「へい、さきほどから、おくでおやすみです」

「そうですか」

百太郎《ひゃくたろう》は、なんとなく気のぬけたまま、福寿《ふくじゅ》の店先からはなれます。

往来《おうらい》は、あちこちからはきだされる泊《と》まり客で、たいへんなにぎわいになっています。さすが深川《ふかがわ》一をほこる歓楽街《かんらくがい》です。

百太郎がそば屋のおもてに引きかえしたとき、福寿のほうで、人声がしました。ふりかえると、昨夜泊まりこんだ用心棒《ようじんぼう》たちがでてくるところでした。

「たいへんお世話になりました。おかげさまで、ぶじ一夜をすごしました。おもどりになられましたら、親分によろしくおつたえください」

番頭《ばんとう》らしい老人が用心棒たちに礼をいうと、年かさのふとった浪人《ろうにん》が、みんなを代表してこたえています。

「いや、こちらこそ、うまい物をたっぷりくわせてもらった。礼をいうぞ。それに芸者衆《げいしゃしゅう》までつけてもらって、なかなか愉快《ゆかい》であった。ご亭主《ていしゅ》はおやすみのようすなので、これで失礼するが、くれぐれも、よろしくいってほしい。では、おのおのがた、われわれは、ここでわかれようか」

浪人者《ろうにんもの》が、一同をみまわしました。

「へい、それじゃあ、どちらのご一家さまも、親分によろしくおつたえねがいます」

五十すぎのやくざ男が、みんなに頭をさげたのをあいずに、十人の用心棒《ようじんぼう》は、三三五五、往来《おうらい》にちっていきます。三味線《しゃみせん》をかかえた芸者も、あいきょうよく、みんなに頭をさげてあるきだしました。

と、あるきだした用心棒たちのあいだを、一ぴきの黒犬がすりぬけていきました。犬は、ふと、鼻をあげて芸者の顔をみあげましたが、きゅうにひと声、ワンとほえました。

「おや、どこの犬だい。びっくりさせるね

え」

芸者はちょっと顔をしかめましたが、黒犬がそれっきりいってしまったので、そのままあるいていきます。

その一部始終《しじゅう》を、百太郎《ひゃくたろう》はそば屋のかげからみていました。そして、犬が、ワンとほえたのをきくと、あわてて店のなかにとびこみました。

「たいへんだ。みんな、おきてくれよ。とうとう賊《ぞく》があらわれたよ」

座敷《ざしき》でねむりこけていたお千賀《ちか》ちゃんと寅吉《とらきち》が、びっくりしたように身をおこします。流しで顔をあらっていた秋月《あきづき》先生も、あわてて顔をぬぐいました。

「ほ、ほんとかい。ど、どこにいるんだ」

ねぼけまなこでとびだそうとする寅吉を、百太郎がとめました。

「いまとびだしたら、気づかれちまうよ。相手は三人、いや、四人だ」

「四人？」

「うん、用心棒《ようじんぼう》のなかに、こないだ火盗改《かとうあらた》めにばけてやってきたやつが三人まぎれこんでたのさ。こないだは、三人ともさむらいすがただったが、きょうは、さむらいすがたはひとり、あとのふたりは、やくざ風の男にばけているんだ」

「で、あとひとりは？」

秋月《あきづき》先生が、刀《かたな》を腰《こし》にさしながらたずねます。

「はい、例の芸者です。あいつも黒手組《くろてぐみ》の一味だったんですね。しかも、寒月《かんげつ》を盗《ぬす》みだして、ふところにいれてるのも、あの女です」

「まことかね、それは……」

「まちがいありませんよ。クロが、ちゃんとかぎわけて、しらせてくれたんだから」

「しかし、いったい、いつのまに……？　福寿《ふくじゅ》の主人は、気がついていないのだろうか」

先生が、まどごしに福寿をながめます。福寿の店先では、奉公人《ほうこうにん》がのんきげに、そうじなどしています。

「どんな手をつかったのかは、わかりませんが、寒月はもう、賊《ぞく》の一味がにぎってるんです。さあ、これからがたいへんだぞ。みんな、たのんだよ」

百太郎《ひゃくたろう》が一同をながめまわすと、先生も寅吉《とらきち》もお千賀《ちか》も、無言でうなずきました。

3

深川八幡《ふかがわはちまん》の前から西にむかってのびる広い道が八幡宮《はちまんぐう》の参道です。これをどんどんあるいていくと、大きな鳥居《とりい》があって、この鳥居をぬけて八幡橋をわたり、もうひとつ福島橋《ふくしまばし》をわたれば、そこはもう大川《おおかわ》の河口《かこう》です。

福寿《ふくじゅ》の店先では、十人もいた用心棒《ようじんぼう》たちも、わかれわかれになっていました。いま、百太郎《たろう》たちの五十メートルほど先をいくのは、ふとった武士《ぶし》とやくざ風の男ふたり、その二、三メートル先を、三味線《しゃみせん》をかかえた芸者があるいていきます。

道が大川端《おおかわばた》にぶつかりました。北にむかって川岸をさかのぼれば、永代橋《えいたいばし》です。芸者は案《あん》の定《じょう》、永代橋のほうにあるきつづけ、あとにつづく三人も、それにならいます。

ほどなく永代橋のたもとにでましたが、芸者は橋のまえをすどおりして、ずんずんあるいていきます。このあたりは佐賀町《さがちょう》といって、漁師《りょうし》や船宿の多いところでした。

と、芸者が川を背《せ》にした一軒《けん》の船宿のまえで足をとめました。そしてあとからくる三人を、ちらりとみてから、すいと、なかにはいっていきます。うしろからついてきた用心棒たちも、なにくわぬ顔で、宿のなかにはいっていきました。尾行《びこう》してきた百太郎《ひゃくたろう》たちは、いったん船宿の前をすどおりして、とある路地に身をかくします。

「あいつら、舟で大川《おおかわ》にでるつもりだぜ。どうする」

寅吉《とらきち》が、いくぶん不安げに、百太郎の顔をのぞきこみました。

「よし、連中の舟が大川にでたら、おいらたちも舟でおいかけようよ」

百太郎は路地のおくにすすみます。路地のつきあたりは、大川の岸でした。そっと船宿のあたりをうかがうと、いましも宿の桟橋《さんばし》にもやってある屋根船に、三人の用心棒《ようじんぼう》と芸者がのりこんでいるところでした。

「いままで、他人どうしをよそおっていたが、とうとうなかまが合流したな」

先生が考えぶかそうにつぶやきます。四人をのせた屋根船は、するりと桟橋をはなれます。船頭のたくみなさおさばきで、舟は、どんどん大川の中央にすすみ、ゆっくりとへさきを川上にむけました。船頭がさおをおいて、ろをあやつりはじめます。

「よし、いこう」

舟が大川にでたのをみとどけると、百太郎はすぐさま船宿にとびこみました。そして、ちょうど四人の客を見送ってひっかえしてきたおかみさんに声をかけます。

「おかみさん、いまの舟は、どっちにむかったんですか」

おかみさんは、じろりと、百太郎《ひゃくたろう》をみました。

「どこの小僧《こぞう》さんかしらないけれど、お客のいき先はおしえないことになってるんだよ」

と、百太郎のうしろにいたお千賀《ちか》ちゃんが、ずいとまえにでました。

「ちょっと、おばさん……」

お千賀ちゃんの顔をみたとたん、おかみさんの表情《ひょうじょう》ががらりとかわりました。

「おや、まあ、伊勢屋《いせや》のおじょうさんじゃありませんか」

「おじょうさんもないもんだわ。この人を、だれだとおもってるの。いま、売りだしの御《ご》用聞《ようき》き亀沢町《かめざわちょう》の百太郎さんなのよ」

「まあ、このぼうやが御用聞き?」

おかみさんは、目をまるくします。

「そういうわけ。だから、いまの四人づれのいき先をいいなさい」

「はい、はい、おじょうさん。いまの客は向島《むこうじま》にいったんですよ」

「向島《むこうじま》?」

「ええ、向島の三囲稲荷《みめぐりいなり》の渡《わた》し場《ば》までね」

「へえ、ずいぶん川をさかのぼるのねえ」

「ええ。でも、いま上潮《あげしお》ですから、どうってこともありませんよ」

「百《ひゃく》ちゃん、どうする?」

お千賀《ちか》ちゃんが、百太郎《ひゃくたろう》をふりかえります。

「そうだね、ともかくおいらたちは、連中を舟でおいかけよう」

「わかったわ。おばさん、あたいたちも向島までいくから、腕《うで》のいい船頭さんをつけてちょうだい。あ、それから、大いそぎでお弁当《べんとう》を四人前つくってね。舟のなかでたべるから。かんじょうは伊勢屋《いせや》につけとくのよ」

お千賀ちゃんは、てきぱきとさしずしてから、百太郎のほうに、にっこりわらいかけました。

「百ちゃん、なにか用事をいいつけることない。ここは、うちがひいきにしてる宿だから、なんでもいいつけたっていいわよ」

「そうだね。じゃあ、すみません。元町《もとまち》の自身番《じしんばん》に、千次《せんじ》っていう岡《おか》っ引《ぴ》きがいるはずですから、そいつに伝言してください。おいらたちは、賊《ぞく》をおって向島《むこうじま》の三囲稲荷《みめぐりいなり》にむかったって。捕《と》り方《かた》をつれて、あっちにまわってくれって」

「まあ、いまの四人は、悪者なんですか」

おかみさんは、あわてて宿の若《わか》い者をはしらせます。店の前にいたクロも、すぐさまあとをおってはしりだしました。

五分もたたないうちに、舟と弁当《べんとう》が用意されました。百太郎《ひゃくたろう》たちは、おかみさんに見送られて舟にのりこみます。

舟は、屋根船とちがって、ちょきという細身の小舟です。それだけスピードもでるし、小まわりもききますが、お客は、せいぜいひとりかふたりしかのれません。百太郎たち四人も、二そうのちょきに分乗しました。

きょうのお江戸《えど》は、雲ひとつない青空がひろがっています。しかし、川風はけっこう冷たく、ふきさらしの舟の上は、あまり快適《かいてき》とはいえません。百太郎たちは、舟のまんなかにおいてある小さな火ばちで、なんとか寒さをしのぎながら、顔だけは、必死に賊の舟をさがしていました。大川《おおかわ》は、江戸《えど》の海運ルートの玄関口《げんかんぐち》です。諸国《しょこく》からはこばれてきた物資《ぶっし》は、みな、この大川をさかのぼって、河岸《かし》の倉屋敷《くらやしき》におろされるのです。それだけ舟の往来《おうらい》もはげしく、さきに出発した屋根船も、ゆきかう船にまぎれてしまい、百太郎《ひゃくたろう》たちには、さっぱり区別もつきません。

しかし、そこはベテランの船頭です。ちゃんと屋根船をみつけて、おしえてくれました。

「ほうれ、新大橋《しんおおはし》の手前でおたついているのがそうでさあ。どうします。おいついて、横づけしますか」

「いえ、向島《むこうじま》につくまで、つかずはなれず尾行《びこう》してください」

「わかりました。なあに、あっちは屋根船、こっちはちょきだ、けっして見失うことはありませんやね」

二そうのちょきは、へさきをそろえて、ぐんぐん大川をさかのぼっていきます。

新大橋をくぐると、右手に御舟蔵《おふなぐら》がみえてきました。切妻《きりづま》屋根の舟蔵がずらりと大川にむかってならんでいます。左手の岸は、両国橋《りょうごくばし》あたりまで武家《ぶけ》屋敷がつらなっています。

「ねえ、いまのうちに、朝ごはんをたべときましょうよ」

となりのちょきから、お千賀《ちか》ちゃんの声がしました。

「へっ、あいつ、捕《と》りものだってのに、のんきな女だなあ」

悪口をいいながらも、寅吉《とらきち》は、船宿の用意してくれた弁当《べんとう》をぱくつきはじめました。

両国橋《りょうごくばし》の下をぬけました。向島《むこうじま》の三囲稲荷《みめぐりいなり》までは、まだまだあります。いまごろ父親の千次《せんじ》は、どうしているでしょう。きのう百太郎《ひゃくたろう》が家をでるときの打ちあわせでは、同心《どうしん》の佐竹左門《さたけさもん》にも、事前に連絡《れんらく》をとりあって、いつでも捕《と》り方《かた》をさしむけられるように手配するといっていましたから、あんがい、百太郎たちが向島に到着《とうちゃく》するころには、千次たちがさきまわりしていてくれるかもしれません。

ただ、百太郎もひとつ気にかかることがありました。例の廻髪結《まわりかみゆい》が、とんとすがたをあらわさないことです。あの男は、いったい、どこにいるのでしょう。

左岸に浅草《あさくさ》のお米蔵《こめぐら》が、いらかを光らせてたちならんでいます。川にむかって、八本の掘割《ほりわり》がきってあり、なんそうもの船が、そのなかに停泊《ていはく》していました。きっと、諸国《しょこく》から米をはこんできた船でしょう。

お米蔵の対岸、本所《ほんじょ》側の川端《かわばた》には、お竹蔵《たけぐら》を背《せ》に、なん軒《げん》かの大名屋敷《だいみょうやしき》がならんでいました。なかでもひときわ青あおとしげっているのが、松浦豊後守《まつうらぶんごのかみ》さまの上屋敷《かみやしき》にはえている椎《しい》の巨木《きょぼく》です。この椎の木、冬になっても葉がおちず、いつも青あおとしているので、本所《ほんじょ》の七不思議《ななふしぎ》のひとつにかぞえられています。

七不思議といえば、松浦さまのお屋敷《やしき》よりちょっと下手《しもて》の、津軽越中《つがるえっちゅう》さまのお屋敷の火の見やぐらの太鼓《たいこ》も七不思議のひとつで、ふつうの火の見やぐらでは板木を打つものですが、津軽さまでは、なぜか太鼓を打ちます。もうひとつ、ついでにいえば、両国橋《りょうごくばし》のたもとにある入《い》り堀《ぼり》にはえる葦《あし》は、なぜか葉っぱが両側につかないで、片方《かたほう》ばかりにでます。それも七不思議のひとつで、堀の名も片葉堀《かたはぼり》とよばれています。

先をいく屋根船が、そろそろ吾妻橋《あづまばし》へさしかかろうとしています。吾妻橋をこえると、東岸は、もう向島《むこうじま》です。水戸《みと》さまの下《しも》屋敷のむこうに三囲稲荷《みめぐりいなり》がありました。

このあたりまでさかのぼると、舟の数も、ぐっとへってきて、百メートル上流をいく屋根船とのあいだに、さえぎるものもありません。

百太郎《ひゃくたろう》は、船頭をふりかえりました。

「すみません。ちょっと西の岸によってくれませんか。あっちの船に、この舟は吉原《よしわら》にいくようにみせかけたいんです」

「ようがす。浅草河岸《あさくさがし》に舟をむけましょう。しかし、人がみたら、へんにおもうでしょうぜ。吉原《よしわら》がよいの客が、ふたりとも子どもじゃあ……」

「なあに、おいらはがらが大きいから、遠目には、いい若《わか》い衆《しゅう》にみえるさ」

寅吉《とらきち》がうそぶきます。二そうのちょきは、ぐっと方向をかえて、吾妻橋《あづまばし》の西づめのほうにすすみはじめました。舟のゆくてに、浅草寺本堂《せんそうじほんどう》の大いらかがぐっとせまってきました。

4

百太郎《ひゃくたろう》たちののった二そうのちょき舟は、吾妻橋の西づめ、花川戸《はなかわど》、山之宿町《やまのやどちょう》にそってのぼりはじめました。このあたりから、川なかに細長い中島《なかじま》があって、ちょうど川を二分するように上流にのびていました。中島には、かれたヨシがしげり、向島側《むこうじまがわ》をのぼる屋根船から、百太郎たちの舟をかくしてくれます。

待乳山《まっちやま》のふもと、山谷堀《さんやぼり》が流れこんだところで、中島がきれていました。この水路を利用して、下瓦町《しもがわらちょう》から向島三囲稲荷《みめぐりいなり》の岸まで渡《わた》し舟《ぶね》が大川《おおかわ》を横断《おうだん》しています。竹屋の渡しです。

百太郎《ひゃくたろう》たちの舟が待乳山《まっちやま》のふもとに到着《とうちゃく》したとき、ちょうどはるか対岸の三囲稲荷《みめぐりいなり》の鳥居《とりい》の下にある桟橋《さんばし》に、黒手組《くろてぐみ》をのせた屋根船も横づけしようとしているのが、中島《なかじま》のきれ目ごしにみえました。

三人の男と芸者がおりたち、土手をのぼって神社の参道へむかうのをみとどけると、百太郎は、すぐさま船頭にめいじて、舟を対岸へとすすめました。そして、まだ屋根船が桟橋をはなれないうちに、その横っぱらにのりつけました。

船のうしろで、たばこを一服つけていた若《わか》い船頭は、そばに横づけした二そうのちょきに、けげんな顔をしてたちあがります。

「おや、兄貴《あにき》も、こっちに客をはこんできたのかい」

「ばかやろう、てめえの船をつけてきたんだ。てめえののせた客は、悪事をしでかした連中なんだぜ」

「へえ、あの連中がねえ」

百太郎は、船頭の会話にわりこみます。

「あの四人、どこにいくか、しゃべってましたか?」

「え? そういやあ、親指とか小指とか、手の指のはなしをしてたが……。そう、そう、親指が、首を長くして待ってるだろうって……」

「親指が、首を長くして待ってる……? そのほかには?」

「なんせ、連中、ひそひそ話をしてたからなあ。ああ、そうだ。寺は、どのあたりかって、若《わか》いやつがきいたら、浪人者《ろうにんもの》が、三囲稲荷《みめぐりいなり》のすぐ先だって説明してました」

「そうか、じゃあ連中は、そこで合流するんだな。船頭さん、ありがとう」

百太郎《ひゃくたろう》を先頭に、みんなは栈橋《さんばし》にとびおりると、土手をかけのぼります。土手のそばから、田んぼのなかを一本の道がのびていて、道のつきあたりに、こんもりとした森があります。

森のなかに神社がみえました。三囲稲荷です。田んぼのなかにあることから、田中《たなか》稲荷ともよばれていました。元禄《げんろく》のころ、其角《きかく》という俳人《はいじん》が、この境内《けいだい》で雨ごいの句《く》をよむと、たちまち雨が降《ふ》りだしたといういいつたえがあります。

このあたりは、小梅村《こうめむら》という近郊《きんこう》農村地帯でしたが、この三囲稲荷や、ここからすこし北によった牛島《うしじま》神社のあたりにかけては、大きな料理屋もあって、鯉《こい》などの川魚をたべさせてくれます。

屋根船をおりた黒手組《くろてぐみ》の一行は、稲荷《いなり》の境内《けいだい》にはいっていきましたが、どうも、そこが目的地ではないようです。きっと境内をぬけて、裏手《うらて》へでたのではないでしょうか。はやく連中をみつけなくては、行方《ゆくえ》がわからなくなります。

本殿《ほんでん》のそばをはしって、神社の東にでました。と、はたせるかな、あるいていく四人の男女のすがたが、わずかにのびた麦畑《むぎばたけ》のむこうにみえました。

町中とちがって、あたりは、ぽつんぽつんと農家がたっているばかり。道をいくのは、せいぜいくわをかついだお百姓《ひゃくしょう》さんくらいなものです。みはらしがいいので、相手を見失うこともないかわりに、先方からも、こちらのすがたをみつけられる危険性《きけんせい》もあるわけです。

百太郎《ひゃくたろう》たちは、十分距離《きょり》をとって、一味を追跡《ついせき》しました。

もう、十二時ちかくになっているのでしょう。のどかな早春のいなか道を、百太郎たちは緊張《きんちょう》してすすみます。

ゆく手に、竹やぶがみえてきました。お寺でもあるらしく、竹やぶのぐるりを、くずれかけた土べいがとりまいています。

先をいく四人が、土べいの横をまわりこんだところで、ふっと、すがたがみえなくなりました。百太郎《ひゃくたろう》たちは、いそいで土べいのそばにちかづきます。

土べいをまがりこんだところに、かわらのずりおちた山門がたっています。木のとびらは、ぴたりととじていますが、そばのくぐり戸は、とうの昔になくなって、自由に出入りができるようになっていました。百太郎が、そっと境内《けいだい》をうかがうと、おくにたっているくずれかけた格子戸《こうしど》のなかで、ちらりとはでな芸者の着物がうごきました。連中は、本堂《ほんどう》のなかにはいったようです。

「こいつは、無住の空寺《あきでら》だな。やつら、こんなところをねぐらにしてたのか」

寅吉《とらきち》が、まわりをみまわして、小声でいいました。

「さて、これからどうするね。百太郎くん」

秋月《あきづき》先生が、百太郎の顔をのぞきこみます。

「とうちゃんが、おっつけ捕《と》り方《かた》をつれてくるとおもいますから、それを待ってふみこんでもいいけど……」

「こんなこといっちゃあ、わるいけど、あんたのおとっつあん、のんびりしてるから、いつくるか、わかんないわよ」

お千賀《ちか》ちゃんが、うずうずしながらささやきます。

「だけど、おいらたちだけで、連中をつかまえるのは、ちょっとむりだからねえ」

そうこたえたものの、百太郎《ひゃくたろう》もいくぶんまよっていました。連中がこのまま、寺にとどまっていてくれればいいけど、いったん合流したあと、わかれわかれに、ここをでていってしまったら、追跡《ついせき》することもむつかしくなるでしょう。

「ああ、とうちゃん、なにしてるのかなあ。深川《ふかがわ》からここまでなら、舟とそんなにかわらないとおもうんだけど……」

大川《おおかわ》のほうをふりかえる百太郎に、先生がたずねます。

「三囲稲荷《みめぐりいなり》までは、千次殿《せんじどの》も承知《しょうち》しているが、この寺までの道すじは、わからないのではないのかね」

「それはだいじょうぶです。犬のクロがついていますから、おいらたちのにおいをかぎわけて、案内するとおもいますよ。ただ……」

百太郎《ひゃくたろう》は、こんどは、山門のほうをにらみました。

「百よ、おれたちで連中をとっつかまえるのはむりでも、連中が、どんなことをはなしてるか、ようすをうかがうことはできるんじゃねえか。ちょいと裏《うら》のほうから境内《けいだい》にしのびこんでみようじゃねえか」

寅吉《とらきち》がおもいついたようにいいます。

「うん、それがいいね。よし、ちょっと裏のほうにまわってみよう」

じつは、百太郎もそのことを考えていたのです。

竹やぶにかこまれた寺は、裏手《うらて》にまわると、もっと荒《あ》れていて、土べいもあらかたくずれおちていました。

百太郎たちは、へいのくずれたところから、そっと境内にしのびこみます。昔は、これでもちょっとしたお寺だったのでしょう。竹やぶの切れたあたりに、五十ばかりの墓石《はかいし》がならんでいましたが、どれもこれも、ななめにかしいだり、なかには、横だおしになったのもあります。

墓地《ぼち》のむこうは、もう本堂《ほんどう》です。四人は、音をたてないように、本堂の床下《ゆかした》にもぐりこみました。

くもの巣を両手ではらいながら、中腰《ちゅうごし》になってすすむうち、ふいに頭の上で人声がしました。百太郎《ひゃくたろう》はそっと、うしろからくる連中にあいずします。

「親指どの、ついに、われわれの悲願も成就《じょうじゅ》いたしましたな」

野太い男の声です。

「それもこれも、みなさんのおかげですよ。よくぞ、きょうまで盗人《ぬすっと》の汚名《おめい》をきてまでも、先祖《せんぞ》の大望《たいもう》をかなえてくださった」

べつの声が、いくぶん涙声《なみだごえ》でこたえます。

「なにをおっしゃいます。あなたさまのおおおじいさまと、わたくしどもの祖父《そふ》は、いずれもおなじお殿《との》さまにつかえた身。たとえ町人にすがたはかえても、いずれも池上藩《いけがみはん》の家《か》中《ちゅう》の者ではございませんか」

女の声が池上藩の名を口にしたとたん、秋月《あきづき》先生が、かすかに身うごきしました。

「それにしても、小指どの。そなた、お体のぐあいは、いかがですか。この上は、どうか、長崎《ながさき》におもむかれ、薬指どののご師匠《ししょう》のもとで、ゆっくり養生《ようじょう》してください」

「いえ、あたくしの体は、もう、あまり長くはもちますまい。こうして、みなさまのお役にたてただけで本望です。なき祖父の遺言《ゆいごん》をはたすことができただけで、この世に生まれてきたかいがありました」

若《わか》い男の声は、妙《みょう》に力がありません。ことばのあいまに、軽いせきがまじります。

「で、これからのことだが、寒月《かんげつ》は、親指どのと、人さし指どのが、殿の墓前《ぼぜん》におそなえしてくださるとして、いままで盗《ぬす》みだしたべつの品を、どういたしますんで」

どうやら、五人めの男の声です。

「もとより、われわれは、この寒月《かんげつ》を手にいれるがために、ほかの商家におしいったわけです。いってみれば、われわれと、寒月、ひいては、池上藩《いけがみはん》との関係をごまかすがための盗みですから、あれらの品は、どこかにうちすてるのがよろしいでしょう」

「ふふ、いくぶんざんねんな気がしないでもありませんね。苦労して盗みだした天下の名《めい》宝《ほう》を、みな、すててしまうのは」

「おや、おや。中指どのは、盗賊稼業《とうぞくかぎょう》が気にいられたのではないのですか」

「はは、そうかもしれません。町方《まちかた》役人どもの裏《うら》をかいて、盗みだすのは、けっこうおもしろうございましたからな」

「それもこれも、薬指どのが長崎《ながさき》で修業《しゅぎょう》された南蛮《なんばん》の呪法《じゅほう》、はて、なんともうしました?」

「はい、オランダの医者は、催眠術《さいみんじゅつ》とかもうしておりました」

「それ、それ、その催眠術によるところが大きい。ゆうべの福寿《ふくじゅ》の亭主《ていしゅ》なども、薬指どのの術にかかり、自分からかくし倉《ぐら》のとびらをひらいて、寒月を手わたしたくらいですからな。中指どの、盗賊《とうぞく》になるには、まず、薬指どのについて、みっちり修業《しゅぎょう》されることだ」

床《ゆか》の上の連中は、そこでさも愉快《ゆかい》そうにわらいました。一味どうしで、小指とか親指とかニックネームをつかっています。あんがい、本名をかくしているのかもしれません。

と、そのときです。百太郎《ひゃくたろう》のそばで体をかがめていたお千賀《ちか》ちゃんが、くしゃんと、小さなくしゃみをしました。

そのとたん、頭の上のわらい声が、ぴたりとやみました。

あわてて、たもとで鼻をおさえたお千賀ちゃんのすぐそばに、ずぶりと、刀《かたな》の先がつきだしてきました。

5

最初に床下《ゆかした》からとびだしたのは、寅吉《とらきち》です。つづいて百太郎、そしてお千賀ちゃん。最後に秋月《あきづき》先生が、ゆっくりと本堂《ほんどう》の前庭にでてきました。

枯草《かれくさ》のしげった本堂の前庭には、もう黒手組《くろてぐみ》の面めんがとびだしてきていました。

あいくちをかまえた長身の男が、目ざとく百太郎をみつけました。

「おや、そこの子どもは、たしか、岡《おか》っ引《ぴ》きの……？　どうして、ここがわかった」

「髪結《かみゆい》の新三《しんざ》、いやさ、黒手組《くろてぐみ》の親指ってよんだほうがいいかい。おまえたちの悪事は、みんなきかせてもらったよ。もう、かんねんしたほうがいいんじゃないのかい」

百太郎《ひゃくたろう》は、しゃべりながら、ふところのかわぶくろから、ほそいロープをとりだしました。ロープの先には、鉄のかぎがついていて、ふりまわせば、ちょっとした武器にもなるのです。

黒手組一味も、芸者すがたの女をのぞいて、みんな手に得物《えもの》をもって、百太郎たちをとりかこみました。

「なるほど、この小僧《こぞう》はたしか、泉屋《いずみや》にはりこんでいた岡っ引きのつれだな。かわいそうだが、大事のまえだ。みな、死んでもらおう」

ふとった武士《ぶし》が、刀《かたな》をかまえて、すいと前にでました。と、武士のゆくてに秋月《あきづき》先生がたちはだかりました。

「黒手組が池上藩《いけがみはん》ゆかりの者たちだとはな。これは、とんだめぐりあわせというものだ」

秋月先生が、にやりとわらったので、武士は、一瞬《いっしゅん》、不審《ふしん》そうな顔つきをしました。

「めぐりあわせとな?」

「さよう、じつは、わたしの祖父《そふ》も池上家《いけがみけ》の家来でな。死ぬまで寒月《かんげつ》の行方《ゆくえ》をおっていたそうだよ。そうだ、自己紹介《じこしょうかい》をしておこう。わたしは秋月精之介《あきづきせいのすけ》という」

黒手組《くろてぐみ》たちのあいだから、動揺《どうよう》の声があがりました。

「秋月……? その名前、きいたことがある。祖父の名は、秋月竜之進《りゅうのしん》ともうされなんだか。家中随一《かちゅうずいいち》の剣《けん》のつかい手と、うけたまわっておった。そうか、お主《ぬし》が秋月家の……」

ふとった武士《ぶし》は、秋月先生の体つきから、はやくも先生の腕前《うでまえ》をさとったようです。ゆだんなく刀《かたな》をかまえます。

「せっしゃたちは、名のるわけにいかぬが、おなじ池上藩《いけがみはん》につかえた者の子孫《しそん》だ。のう、秋月殿《どの》、いってみれば、われわれは、おなじ家中の人間。なにゆえ、町方《まちかた》役人の味方をするのだ」

秋月先生は、まだ刀に手もかけず、ゆうぜんとたっています。

「おまえさんたちこそ、どろぼうのまねをして、なくなった殿《との》さまに恥《はじ》をかかせてるじゃあないのかね。みれば、おまえさんをのぞいて、どなたも、さむらいをすてたご身分らしい。なにも六十年まえにとりつぶしになった藩《はん》のためにはたらく義理《ぎり》もなかろう」

「だまれ、うらぎり者！」

髪結男《かみゆいおとこ》が血相かえてどなりました。

「われわれはみな、祖父《そふ》や曽祖父《そうそふ》の遺言《ゆいごん》を忠実《ちゅうじつ》にまもっているまでだ。たとえ身分は町人になろうとも、われわれの体には、池上藩《いけがみはん》の血が脈《みゃく》打っている。六十年まえ、御殿《おんとの》のご無《む》念《ねん》をおもえば、それをはらすのが子孫《しそん》のつとめだろう。祖父は、生涯《しょうがい》、寒月《かんげつ》の行方《ゆくえ》をおっていたと、お主《ぬし》もいうたではないか」

「ああ、じいさんは、そうしたよ。しかし、どろぼうまでして、寒月を盗《ぬす》みだしたかな。そんな手段《しゅだん》で手にいれた香木《こうぼく》、墓《はか》におそなえしたところで、死んだ殿《との》さまも、およろこびになられるだろうか」

「ええい、うるさい。わたしたちは、代々、盟約《めいやく》をむすび、香木をおいつづけていたのだ。おまえのようなうらぎり者に、わたしたちの気持ちがわかるものか」

やせた若者《わかもの》があいくちをかまえると、体ごと秋月《あきづき》先生につっこんでいきましたが、かんたんに体をかわされ、のめったところを、背中《せなか》に手刀《てがたな》をあびせられて、枯草《かれくさ》のなかにたおれます。

「やろう！」

こんどは、がんじょうな五十男が、ふとい棒《ぼう》をふりかざしてとびだそうとしましたが、さむらいすがたにとめられました。

「こやつは、おまえの手にあう相手ではありません。せっしゃにおまかせあれ」

そういいざま、刀《かたな》を正眼《せいがん》にかまえて、つつつっと先生にせまったかと思うと、するどい気合といっしょに斬《き》りつけました。

キーンという金属《きんぞく》と金属の打ちあう音がして、ふたりの体が一瞬《いっしゅん》もつれ、さっととびはなれます。先生も刀をぬいていました。

「中指どの、にげだされては、めんどうだ。子どもたちを……」

髪結男《かみゆいおとこ》の声に、ふとい棒をもった男は、すばやく山門のほうにはしると、にげ道をふさぎます。

それから、じりじりと、百太郎《ひゃくたろう》やお千賀《ちか》ちゃんのほうにちかづいてきます。

「この野郎《やろう》――」

寅吉《とらきち》が、大声をあげつつ、六尺棒《ろくしゃくぼう》の男にとびかかっていきましたが、たちまち腰《こし》のあたりを打たれて、ころがりました。

「だいじょうぶ?」

おもわずはしりよった百太郎《ひゃくたろう》に、男が六尺棒をふりかぶります。その瞬間《しゅんかん》、黒いものが空をとんで、男の顔面にぶっつかりました。男が顔をおさえてうずくまりました。

お千賀《ちか》ちゃん手練《てだれ》の石つぶてです。

「ありがとう。さあ、こんどは、おいらの番だ」

いいざま、百太郎は、手にしたかぎ縄《なわ》をくるりとまわしました。と、かぎのついたロープが、するするととんで、いましも、こちらにむかってはしりだそうとした髪結《かみゆい》の手にからまりました。

「あっ」と、男がさけび声をあげたとき、男の手をはなれたあいくちは、ロープごと、百太郎の手元に引きもどされていました。

得物《えもの》を失ってうろたえる男に、ふたたび百太郎の手元から、かぎ縄がくりだされました。そして、こんどは男の両足にからみつきます。髪結男《かみゆいおとこ》が尻《しり》もちをつきました。

そのときでした。

「おまえたち、これを、ごらん！」

芸者すがたの女の声が、境内《けいだい》にひびきました。

はっとして、ふりかえった百太郎《ひゃくたろう》とお千賀《ちか》の目のまえに、とつじょ、女の顔が大きくふくれあがります。

「おまえたちは、もううごけないよ！」

女の声が、頭のなかではじけます。と、どうでしょう。百太郎の体はこおりついたように、うごけなくなってしまいました。百太郎だけではありません。そばにいたお千賀ちゃんまで、身うごきひとつせず、顔だけが苦しそうに百太郎をみかえします。

「お、お、千賀ちゃん……」

百太郎はさけぼうとしましたが、声もでません。

尻もちをついた髪結男《かみゆいおとこ》がおきあがって、足にまつわりついたロープをほどいています。そのむこう、武士《ぶし》と刀《かたな》をあわせた秋月《あきづき》先生が、なんとか百太郎のほうにちかづこうと、あせっているのがみえます。しかし、百太郎《ひゃくたろう》の手も足も、まるで自由がきかないのです。

もしかしたら、これが、さっきはなしていた南蛮《なんばん》じこみの呪術《じゅじゅつ》なのかもしれません。

髪結男《かみゆいおとこ》が、ゆっくりと百太郎にちかづくと、百太郎の手から、自分のあいくちをもぎとりました。それから、百太郎ののど元に、そいつをつきつけて、秋月《あきづき》先生に声をかけました。

「秋月さん、刀《かたな》をすててもらおうか」

さきほど、顔面に石をうけた男が、顔じゅう血だらけになりながら、寅吉《とらきち》のえり首をつかまえて、よろよろちかよってきました。

秋月先生は、ちょっとのあいだ、境内《けいだい》をみまわしていましたが、やがて、あきらめたように刀をおろすと、足元になげすてます。

「人さし指どの、小指のようすをみてやってくれ」

髪結男のことばに、大きくいきをついていた武士《ぶし》が、われにかえったように、草むらにたおれている若者《わかもの》をだきおこし、背中《せなか》に活をいれます。若者が、うんとひと声うめいて目をあけました。

その間、女は身じろぎもせず、百太郎《ひゃくたろう》とお千賀《ちか》をながめています。

「どうした、百太郎くん。術《じゅつ》にかかったのか」

先生が声をかけてきましたが、百太郎は返事さえすることができないのです。

「このふたりは、わたしがこのまま、楽にしてやりましょう。さあ、ふたりとも、ゆっくりあるきなさい」

女の声に、百太郎とお千賀ちゃんは、よろよろとあるきだしました。いえ、自分であるくつもりはないのに、足がかってにうごきだしたのです。

「みなさん、このふたりは、そこの松《まつ》の木で首をつらせますから、あとのふたりのしまつをしてください」

女の声が背後《はいご》できこえますが、百太郎には、どうすることもできないのです。足がかってに境内《けいだい》の松の根元へとうごいてゆくのです。

「さあ、このひもをまず、あの枝《えだ》におかけ。おまえ、なげ縄《なわ》がとくいだろ」

女の声が、耳もとでしました。百太郎は、手にしたかぎ縄を、目の上の太い松の枝になげあげます。そしておちてきたかぎをたぐって、その先を輪《わ》にしました。

「うまい、うまい。その輪《わ》っかを、女の子の首にかけてごらん」

百太郎《ひゃくたろう》は、いわれるまま、ロープの輪《わ》をお千賀《ちか》ちゃんの首にかけます。お千賀ちゃんが、いまにもとびだしそうな目で百太郎をみつめています。

「いいよ、いいよ。こんどは、もういっぽうのはしを、どんどんひっぱるんだ。ゆっくり、ゆっくりね」

百太郎は、反対の縄《なわ》をひっぱります。お千賀ちゃんの首にひっかかった縄が、たちまちぴんとはりつめます。

「百太郎くん、やめるんだ!」

秋月《あきづき》先生の悲痛《ひつう》な声がします。

「百《ひゃく》、お千賀《ちか》が死んじまうぞ!」

寅吉《とらきち》の金切り声もします。

「力いっぱい、ひっぱるんだよ」

女の声が、それをふきけしました。百太郎《ひゃくたろう》は、こんしんの力をこめて……。

そのときでした。山門のくぐり戸から、一ぴきの黒犬がつむじ風のようにとびこんできました。黒犬は、大きくジャンプすると、松《まつ》の木からお千賀の首にのびているロープにガキッとかみついたかとおもうと、反転して芸者すがたの女の胸元《むなもと》にとびこみます。

ロープがきれて、百太郎とお千賀ちゃんが尻《しり》もちをつくのと、女が悲鳴をあげてたおれるのと、ほとんど同時でした。

いったん尻もちをついた百太郎は、ぱっと地面をけってたちあがりました。体がうそのように自由にうごきます。

「クロ、でかしたぞ。その女にくらいついてはなすなよ！」

百太郎のさけび声をきいたとたん、秋月《あきづき》先生も風のようにうごいて刀《かたな》をひろいあげます。

そして、これまた刀をかまえた武士《ぶし》の胴《どう》を、下からすりあげるように斬《き》りあげました。

武士が、血けむりをあげてたおれます。

あわてたのは、髪結男《かみゆいおとこ》たちです。一瞬《いっしゅん》のうちに形勢《けいせい》が逆転《ぎゃくてん》したのです。

それでも、てんでに得物《えもの》をふりあげて、とびかかろうとしました。

が、それよりさきに山門のくぐり戸から、ばらばらと、捕《と》りものじたくの男たちがとびこんできました。

おどろいてあとずさりする本堂《ほんどう》の裏手《うらて》からも、十人ばかりの捕《と》り方《かた》をしたがえた千次《せんじ》が、鉄十手《じって》をかまえて、仁王《におう》だちにたちふさがっています。

くぐり戸から、くさりはちまきにたすきがけ、刃《は》びきの捕りもの刀《がたな》をさした定廻同心佐《じょうまわりどうしんさ》竹左門《たけさもん》が、ずいとあらわれます。手には、朱房《しゅぶさ》の銀十手《じって》がにぎられていました。

「市中をさわがす黒手組《くろてぐみ》一味。南町奉行所《みなみまちぶぎょうしょ》定廻同心佐竹左門である。神妙《しんみょう》にいたせ!」

「なにを!」

髪結男《かみゆいおとこ》が、あいくちをひらめかせて、裏手にはしりました。が、すかさずお千賀《ちか》が、手にもった石ころをなげます。石は、ねらいたがわず、男のあたまに命中。

悲鳴をあげてのけぞる男を、千次がとびこみざま、鉄の十手で打ちすえます。

それをあいずに、捕り方が一味のまわりに殺到《さっとう》しました。あとのふたりは、かんねんしたように、その場にうずくまります。

「百太郎《ひゃくたろう》くん、だいじょうぶかね」

先生がかけよってきました。

「ええ、先生は?」

「いや、すごいつかい手だった。さすがのわたしも、峰《みね》打ちにするよゆうも、刀《かたな》をうばうこともできなかったよ」

先生は、血だまりのなかにたおれている武士をふりかえりました。

6

「いやあ、めでたい、めでたい」

千次《せんじ》は、さっきから、おなじことばをくりかえしながら、さかずきをかさねています。

ここは、事件《じけん》から二日たった亀沢町《かめざわちょう》の長屋《ながや》です。神だなの下には、なん本もの角《つの》だるがおかれています。泉屋《いずみや》をはじめとした、黒手組《くろてぐみ》にねらわれた大店《おおだな》からとどけられたお礼のお酒です。

なにしろ、黒手組に盗《ぬす》みとられた宝物《ほうもつ》は、そっくりそのまま発見され、それぞれの手元にもどったのです。今夜は事件解決《じけんかいけつ》のパーティーでした。

「でも、こんどのお手柄《てがら》は、あたいたちなのにねえ。おじさんなんて、なんにもしなかったのに」

お千賀《ちか》ちゃんが同意をもとめるように、そばの寅吉《とらきち》をながめます。

「そうさ。ひと晩中《ばんじゅう》、福寿《ふくじゅ》にはりこんで、おまけに、こちとら腰《こし》をなぐられちゃってさ」

寅吉が、こうやくをはってもらった腰をさすります。

「ま、こんなごちそうが食えたんだ。文句《もんく》もいえねえよなあ」

寅吉は、目の前の塩焼きの鯛《たい》を、しっぽからつまみあげて、がぶりとくいつきます。

「先生、さっきから、あまりめしあがりませんね」

百太郎《ひゃくたろう》は、千次《せんじ》のとなりにすわっている秋月《あきづき》先生に、お酒をすすめました。

「うん、こんどの犯人《はんにん》が、わが家とおなじ、池上家《いけがみけ》の残党《ざんとう》とわかってしまったからね。なんとなく、あと味がわるくて……」

「そうですね。あの髪結《かみゆい》の男、おじいさんが、寒月《かんげつ》を江戸《えど》にはこぶときの責任者《せきにんしゃ》だったんですってね」

「彼《かれ》だけではない。あの五人の祖父《そふ》や曽祖父《そうそふ》もすべて警固《けいご》の責任者で、殿《との》さま切腹《せっぷく》のあと、いずれもあとをおって自害しているというからな」

「つまり、寒月《かんげつ》をみつけだして、殿さまの墓《はか》におそなえするために、代々、連絡《れんらく》をとりあって、寒月の行方《ゆくえ》をおってたんですねえ」

「ああ、そうだ。まかりまちがえば、わたしの家にも、そのような遺言《ゆいごん》がつたわっていたかもしれない。そうすれば、わたしも一味にくわわって……」

「いやですよ、先生……」

百太郎《ひゃくたろう》は、ちょっと顔をしかめました。

「しかし、盗《ぬす》みをしたのは、やはりまちがっていたな。あまつさえ、いくら池上藩《いけがみはん》と寒月の関係をごまかすためとはいえ、あのように、なん軒《げん》もの家にしのびこむとは……」

「おまけに、あんなおかしな術《じゅつ》までつかうんだもんなあ」

「そうよ、そうよ。あたい、もうすこしで百太郎さんに殺されかけたのよ」

お千賀《ちか》が、すっとんきょうな声をあげます。

「まったく、きみょうな術でございますねえ。福寿《ふくじゅ》の主人なんか、しらぬうちに自分から、かくし倉《ぐら》のなかから寒月《かんげつ》をとりだして、あの女にわたしていたそうですぜ。なんでも南蛮《なんばん》の医者が、心の病気をなおすときにほどこす術《じゅつ》で、あの女、長崎《ながさき》のオランダ医にならったとか。髪油《かみあぶら》の香料《こうりょう》も、そこからもちだしたらしい」

千次《せんじ》が、同心《どうしん》からしいれてきた情報《じょうほう》を披露《ひろう》します。

「あ、それから、例の寒月っていう、香木《こうぼく》でございますが、あれは、にせものだったそうですよ」

「にせもの？」

「へえ。お上《かみ》が、さる香《こう》の大家《たいか》に、かおりをきいてもらったところ、寒月とはまっ赤なにせものだったそうで……」

「ふうん。それはどうかな」

先生が、ぐびりと、さかずきをほしました。

「あんがい、ほんものだったかもしれないよ。ただ、いったん町人の手にわたり、いわんや盗人《ぬすっと》の手にはいったものを、いまさら、天皇《てんのう》から将軍家《しょうぐんけ》におくられた品とは認《みと》めにくいだろう」

「あ、なあるほど。そういうことも考えられますねえ」

「そうでなくては、あの黒手組《くろてぐみ》の連中がかわいそうだ。手段《しゅだん》はどうあれ、命をかけてうばった品がにせものではねえ。たとえ、いずれは死刑《しけい》になるとしてもだ」

「十両盗《ぬす》めば首がとぶというのが、天下の御法《ごほう》ですからね。打ち首はまぬがれますまい」

やはり先生は、あの連中のことが気がかりなのでしょう。

「ま、とにもかくにも、めでたい、めでたい」

千次《せんじ》は、ふたたびめでたいを連発していましたが、きゅうに火ばちのそばにひっくりかえると、ねてしまいました。

「千次どのは、おやすみになったようだ。では、わたしたちも、そろそろおいとましよう。お千賀《ちか》ちゃんと寅吉《とらきち》くんは、わたしがおくっていくよ」

先生がたちあがりました。

「ほう、今夜は、星がきれいだな」

おもてにでた先生が声をあげました。

みあげると、長屋《ながや》の軒《のき》の上に、一めんの星がまたたいていました。

明日もお江戸《えど》は、よい天気になりそうです。

あとがき

　このシリーズも二作目となりました。前作『お江戸《えど》の百太郎《ひゃくたろう》』をお読みになった人はおわかりでしょうが、このシリーズは江戸の本所亀沢町《ほんじょかめざわちょう》に住む、岡《おか》っ引《ぴ》きのひとり息子《むすこ》、百太郎を主人公にした捕《と》りもの帳です。

　前作は江戸の一年間を、短編《たんぺん》連作の形で描《えが》きましたが、今回からは一作ごとに、その季節の風物行事などを入れながら物語を作ることにしました。ということで、今回は正月が舞台《ぶたい》です。

　ということは百太郎も前作よりひとつとしをとり、十三歳《さい》になったということです。もっともこれは数え年で、満年齢《まんねんれい》でいえばまだ十二歳、小学六年生くらいでしょう。

　数え年というのは、生まれたときを一歳とし、正月ごとにとしをとります。昭和《しょうわ》三十年代までの日本ではごく一般的《いっぱんてき》な数え方でしたから、私も八歳で小学校に入学しました。満年齢が一般化するのはその後のことです。

今回は江戸《えど》の正月行事をいろいろ書いてみましたが、いまも残っている行事が多いと思われませんでしたか。初詣《はつもうで》や七草粥《ななくさがゆ》、凧揚《たこあ》げ、百人一首《ひゃくにんいっしゅ》、書初《かきぞ》めなど、現在《げんざい》でも結構《けっこう》おこなわれています。江戸時代といっても、そんなに大昔というわけでもないようです。

このシリーズは、西暦《せいれき》一八二〇年代、文政《ぶんせい》年間の物語で、二六〇年続いた徳川《とくがわ》時代の中でも、江戸の町がいちばん発達した時期といわれています。様々な町民文化も盛《さか》んで、金持ち連中は趣味《しゅみ》や道楽にお金をつかいました。書画骨董品《こっとうひん》を収集《しゅうしゅう》したり、高価《こうか》な盆栽《ぼんさい》に熱中する人も出てきました。各地の行楽地や歓楽地《かんらくち》もにぎわいを見せ、それだけに犯罪《はんざい》も多く発生し、作中に登場する黒手組《くろてぐみ》のような大がかりな盗賊団《とうぞくだん》も出没《しゅつぼつ》したようです。

さて、お江戸といえば火事と喧嘩《けんか》が名物。次回は百太郎《ひゃくたろう》が、謎《なぞ》の放火事件《じけん》に挑戦《ちょうせん》します。『赤猫がおどる』にご期待ください。

那須正幹

解説　待ちかねた子どもたちのための「捕《と》りもの帳」

藤田《ふじた》のぼる（児童文学評論家）

この本の作者那須正幹《なすまさもと》さんといえば、『それいけズッコケ三人組』をはじめとするズッコケシリーズでおなじみですが、この『お江戸《えど》の百太郎《ひゃくたろう》　黒い手の予告状《よこくじょう》』も前作『お江戸の百太郎』につづく第二作。どうやらこちらのほうもシリーズ化されて、この後も百太郎の活躍《かつやく》がつづくことになりそうです。

子どもの本で、古い時代を舞台《ぶたい》にした歴史小説というのはもともとそう多くないのですが、まして気軽に読んで楽しめる「時代もの」となると、ほとんどないといったほうがいいかもしれません。そういう意味で、この「お江戸の百太郎」シリーズは、那須さんから子ども読者たちへの無上のプレゼントといえるでしょう。

さて、この百太郎《ひゃくたろう》の物語は、時代もののなかでもっともポピュラーな捕《と》りもの帳（捕物《とりもの》帖《ちょう》とも書きます）のひとつです。捕りもの帳といえば、みなさんがまっさきに思いうかべるのは「銭形平次《ぜにがたへいじ》捕物帳」でしょうか。

平次は百太郎の父大仏《だいぶつ》の千次《せんじ》とおなじ岡《おか》っ引《ぴ》きで、こうした岡っ引きが活躍《かつやく》する捕りもの帳には、「人形佐七《にんぎょうさしち》捕物帳」「伝七《でんしち》捕物帳」などがあり、これに対し、この物語にでてくる佐竹《さたけ》のだんなのような同心《どうしん》が主人公の捕りもの帳としては、「右門《うもん》捕物帳」「池田大助《いけだだいすけ》捕物日記」などが有名です。でも、百太郎のように、子どもが主人公の捕りもの帳というのは、日本ではじめてといえるかもしれません。

「同心」とか「岡っ引き」とかについては、作品のなかでもていねいに説明されていますが、当時江戸《えど》の町を治めていたのは町奉行《まちぶぎょう》で、これは現在《げんざい》の都知事、裁判所《さいばんしょ》の長官、警視庁《ちょう》の長官、消防庁《しょうぼうちょう》の長官をひとりでかねているような、たいへん重い任務《にんむ》をもっていました。町奉行は北町と南町のふたりがおり、名前からすると江戸の町を北と南にわけて治めているようですが、そうではなくて、北町奉行と南町奉行とがひと月交替《こうたい》で任にあたっていたのです。もちろんあとのひと月は休んでいたのではなくて、自分たちが当番の月におこった事件《じけん》の捜査《そうさ》をつづけていたわけです。町奉行《まちぶぎょう》といえば、テレビでおなじみの大岡越前《おおおかえちぜん》や遠山《とおやま》の金《きん》さんは実在《じつざい》した人で、大岡忠相《ただすけ》は享保《きょうほう》二（一七一七）年からほぼ二十年間にわたって南町奉行を、遠山景元《かげもと》は天保《てんぽう》十一（一八四〇）年から三年間北町奉行をつとめました。

この奉行の下に二五人の与力《よりき》、一二〇人の同心《どうしん》（時代が下るにつれ人数もふえたようですが）がおり、事件の捜査だけでなく、防災《ぼうさい》や牢屋《ろうや》の管理などにあたっていました。しかし江戸《えど》の人口は、享保のころですでに一一〇万人に達していましたから（ちなみに、おなじころのロンドンは八六万、パリは五四万人といいますから、江戸は世界最大の都市でもあったのです）、同心の人数だけではどう考えても足りません。そこで大仏《だいぶつ》の千次《せんじ》のように、同心の手足となって働く岡っ引《おかぴ》きがどうしても必要だったわけです。それに作品のなかでもふれられているように、幕府《ばくふ》の正式な役人だった与力や同心とちがい、岡っ引きは同心の私的《してき》な子分のような存在《そんざい》でしたから、百太郎《ひゃくたろう》ほどの名探偵《めいたんてい》ではないにしろ、父親の岡っ引きをたすけて情報《じょうほう》の収集《しゅうしゅう》にあたったり、連絡係《れんらくがかり》などをつとめた子どもはけっこういたかもしれません。

さて、こうした「時代もの」を読む楽しみのひとつは、当時の人びとの暮《く》らしぶりを知るということでしょう。この点でも、この『お江戸《えど》の百太郎《ひゃくたろう》　黒い手の予告状《よこくじょう》』は充分《じゅうぶん》わたしたちを楽しませてくれます。前作の『お江戸の百太郎』は四話から成っていて、やはり四季折々の江戸の人びとの暮《く》らしぶりや行事が物語の背景《はいけい》になっていましたが、こんどの物語は正月のはじめから月末までの、ほぼ一か月間に限定されています。第一章「お江戸の春」の子どもたちのたこあげ、第四章「大川《おおかわ》の追跡《ついせき》」での初天神《はってんじん》、百太郎や寅吉《とらきち》がかよう秋月《あきづき》先生の寺子屋《てらこや》のようす、事件解決《じけんかいけつ》のかぎにもなる「廻髪結《まわりかみゆい》」といった商売、さらには千次《せんじ》・百太郎親子の食事の場面などに、読者のみなさんは現代《げんだい》のわたしたちの生活との違《ちが》い、あるいは意外な共通点を感じ、興味《きょうみ》をひかれるのではないでしょうか。

とはいえ、この時代は「士農工商《しのうこうしょう》」といわれるように、身分による判別《はんべつ》がたいへんきびしく、刑罰《けいばつ》にしても、この作品にもでてくるように十両盗《ぬす》めば首がとぶといったような、いまから見ればたいへん不合理なことがまかり通っていた時代でもありました。百太郎たちが追いつめた黒手組《くろてぐみ》が、いくら名香《めいこう》とはいえ、たかが木片《もくへん》のために藩《はん》をとりつぶされた人たちの、実は子孫《しそん》だったという設定《せってい》にも、作者のこうした不合理への批判《ひはん》が読みとれるのではないでしょうか。

等々、この楽しい物語の解説《かいせつ》としてはややかたくるしくなってしまいましたが、とにかくいまからせいぜい二、三百年前に、わたしたちとはだいぶちがった小道具を使いながらではありますが、泣いたり、わらったり、愛しあったり、憎《にく》みあったり、その点ではわたしたちの日々の生活とおなじような毎日をおくっていた人びとがいて、ひょっとしたらこんな事件《じけん》に出会っていたかもしれないと考えるのは、すばらしくワクワクすることではありませんか。

作・那須正幹（なす　まさもと）

1942年、広島に生まれる。島根農科大学林学科卒業後、文筆生活にはいる。子どもたちの熱烈な支持を集めた「ズッコケ三人組」シリーズ（ポプラ社）で巌谷小波文芸賞を受賞。ほかにも『ズッコケ三人組のバック・トゥ・ザ・フューチャー』（野間児童文芸賞）、『さぎ師たちの空』（路傍の石文学賞）、「ヒロシマ三部作」（日本児童文学者協会賞）、「那須正幹童話集（全5巻）」（以上ポプラ社）など、世代をこえて読み継がれている作品が多数ある。

絵・小松良佳（こまつ　よしか）

1977年、埼玉県に生まれる。武蔵野美術大学視覚伝達デザイン科卒業。主なさし絵の仕事に、「大あばれ山賊小太郎」シリーズ（偕成社）、『つむぎがかぞくになった日』、「内科・オバケ科　ホオズキ医院」シリーズ（以上ポプラ社）、「スマッシュ！男子卓球部物語」シリーズ（新日本出版社）などがある。

2015年2月　第1刷

ポプラポケット文庫037-4

お江戸《えど》の百太郎《ひゃくたろう》　黒い手の予告状《よこくじょう》

作　那須正幹
絵　小松良佳
発行者　奥村 傳
編集　潮紗也子
発行所　株式会社ポプラ社
東京都新宿区大京町22-1　〒160-8565
振替　00140-3-149271
電話（編集）03-3357-2216　（営業）03-3357-2212
（お客様相談室）0120-666-553
FAX（ご注文）03-3359-2359
インターネットホームページ http://www.poplar.co.jp
印刷　岩城印刷株式会社
製本　株式会社ブックアート
装丁デザイン 濱田悦裕　本文デザイン 楢原直子（ポプラ社）

ISBN978-4-591-14301-8　N.D.C.913　214p　18cm

読者の皆さまからのお便りをお待ちしております。
いただいたお便りは、編集局から著者へお渡しいたします。

みなさんとともに明るい未来を

一九七六年、ポプラ社は日本の未来ある少年少女のみなさんのしなやかな成長を希《ねが》って、「ポプラ社文庫」を刊行しました。

二十世紀から二十一世紀へ――この世紀に亘《わた》る激動の三十年間に、ポプラ社文庫は、みなさんの圧倒的な支持をいただき、発行された本は、八五一点。刊行された本は、何と四千万冊に及びました。このことはみなさんが一生懸命《いっしょうけんめい》本を読んでくださったという証左《あかし》でもあります。

しかしこの三十年間に世界はもとよりみなさんをとりまく状況も一変しました。地球温暖化による環境破壊、大地震、大津波、それに悲しい戦争もありました。多くの若いみなさんのかけがえのない生命も無惨《むざん》にうばわれました。そしていまだに続く、戦争や無差別テロ、病気や飢餓《きが》……、ほんとうに悲しいことばかりです。

でも決してあきらめてはいけないのです。誰もがさわやかに明るく生きられる社会を、世界をつくり得る、限りない知恵と勇気がみなさんにはあるのですから。

――若者が本を読まない国に未来はないと言います。

創立六十周年を迎えんとするこの年に、ポプラ社は新たに強力な執筆者《しっぴつしゃ》と志《こころざし》を同じくするすべての関係者のご支援をいただき、「ポプラポケット文庫」を創刊いたします。

二〇〇五年十月

株式会社ポプラ社